CAMINO DE HIERRO

Esta obra ha obtenido el
Premio Primavera 2007,
convocado por Espasa Calpe y
Ámbito Cultural, y concedido
por el siguiente Jurado:
Ana María Matute, Ángel Basanta,
Antonio Soler, Ramón Pernas
y Pilar Cortés.

Nativel
PRECIADO

CAMINO DE HIERRO

ESPASA

ESPASA NARRATIVA

Primera edición: abril de 2007
Segunda edición: mayo de 2007
Tercera edición: junio de 2007

Foto del autor: Sara del Palacio
Realización de cubierta: Jesús Acevedo

Depósito legal: M. 28.593-2007
ISBN: 978-84-670-2492-0

Espasa, en su deseo de mejorar sus publicaciones, agradecerá cualquier sugerencia que los lectores hagan al departamento editorial por correo electrónico: sugerencias@espasa.es

Impreso en España/Printed in Spain
Impresión: Huertas, S. A.

Editorial Espasa Calpe, S. A.
Vía de las Dos Castillas, 33. Complejo Ática - Edificio 4
28224 Pozuelo de Alarcón (Madrid)

Para Alejandro,
Sara y Pablo.

Trabaja en este mundo
como si fueras a vivir eternamente
y trabaja para la otra vida
como si fueras a morir mañana.

NAGUIB MAHFUZ

Preludio

«Si quieres ver cómo se ríe Dios, cuéntale tus planes», repite uno de mis personajes. Escribí esta historia para huir de la realidad y lo hice en tres versiones diferentes, cuidando tanto el final como el principio, pero todos mis esfuerzos fueron inútiles y la realidad se impuso. Está escrita en primera persona, fingiendo que se trata de una autobiografía, aunque no es más que una memoria reinventada sobre el sufrimiento colectivo de un país y el dolor, más íntimo, de una persona que se ve obligada a recorrer un tortuoso «camino de hierro» en busca de la memoria. Si no nos enfrentamos a nuestros fantasmas, éstos nos perseguirán. Todos pasamos por tragedias inevitables, pero existen otras, como las guerras, que son prescindibles e indignas.

Apenas hacen falta explicaciones previas. Paula, la protagonista, realiza un arduo viaje para respetar la palabra dada a sus muertos y lo narra a través del monólogo interior y del diálogo que establece con los personajes que surgen en su camino. El itinerario es muy sencillo. Se trata de un relato elemental, sin grandes disquisiciones, ni paréntesis, ni apartados ni notas a pie de página. Si utilizo un pequeño divertimento para iniciar cada una de las siete partes en las que se divide la historia, es porque ese número cabalístico me ha perseguido durante mi travesía. Escribir es un ejercicio de alquimia que consiste en alterar los recuerdos para confundir la realidad que los inspiró. Por eso eludo, intencionadamente, las descripciones físicas minuciosas, para que el lector contemple los personajes con sus propios ojos. También forma parte del juego el simbolismo rudimentario de los nombres de los personajes y la fascinación que ejercen en ellos las constelaciones del firmamento.

Como no quiero mentir, vaya por delante que me ha salido una historia melancólica. La mente, a veces, se ilumina más en la oscuridad de la noche que con la luz del día. Sería imperdonable aburrir al lector, además de hacerle llorar, de modo que para reducir el sufrimiento a la mínima expresión no me he recreado en los detalles escabrosos, y he llevado a cabo una ingente labor de poda. Siempre queda cierta esperanza al final del camino.

Hay una literatura que ayuda a olvidar y otra a comprender. Ojalá esta historia sirva para que las malas vivencias del pasado no se repitan. La memoria sólo es la herencia que nos prestaron nuestros padres para que se la donemos a nuestros hijos. He contado este ensueño para dialogar con mis muertos, firmar la paz con mis antepasados y, sobre todo, conmigo misma.

Capítulo uno

Sola en el Edén

Durante años viajaron juntos en busca del rastro de las siete maravillas del mundo antiguo, pero sólo encontraron la única que queda en pie: las pirámides de Giza. Treparon hasta lo más alto de los monumentos funerarios de Keops, Kefrén y Micerinos. Quisieron dejar un mensaje en la Gran Pirámide entre las rendijas de sus descomunales bloques de granito, como habían hecho en el Muro de las Lamentaciones de Jerusalén, pero forman filas tan prietas que no es posible introducir ni el filo de una navaja. Por eso, ahora, no concibe mayor tormento que estar sola en el paraíso, dicho sea en honor a Goethe. La soledad, sin embargo, la sitúa frente a sí misma.

1

Vivo sola en una casa de quinientos metros, con veintiséis puertas y veinticuatro ventanas que abro todos los días para que se ventile, porque si las dejo cerradas, a veces, huele a muerte. Sólo el trabajo de abrir y cerrar ventanas me ocupa demasiado tiempo. Los amigos me aconsejan que venda la casa o, al menos, alquile la mitad. Pero no lo haré, porque todavía espero que regrese Lucas. Me abandonó hace más de un mes y no sé nada de él. Se limitó a dejarme una nota diciendo que se iba de viaje y que ya me llamaría. Quiero que vuelva, aunque a veces me sucede con las personas lo mismo que con los perros, procuro desprenderme de ellos poco a poco, porque sufro de una manera inaguantable cuando los pierdo. Prefiero estar sola para evitar enfermedades y desgracias ajenas. Soporto mejor mi propio dolor que el de los demás.

Vivir en una casa tan grande para mí sola es un despilfarro. En realidad no se trata de una casa, sino de tres unidas. Lucas y yo nos fuimos apropiando de los apartamentos que se iban quedando vacíos en la cuarta planta, porque pensábamos compartirlos con varios amigos cuando los hijos se independizaran. Ya teníamos habilitados los trasteros para instalar los servicios comunes y alojar a un par de personas que nos ayudasen con las compras, la comida y la limpieza. Jugaríamos a las cartas, veríamos películas, organizaríamos encuentros literarios, sesiones fotográficas, recitales de poesía, jornadas musicales, fiestas con baile, comilonas y daiquiris.

Era un proyecto compartido por media docena de cuarentones, a los que, de todos modos, los achaques de la madurez, probablemente, nos hubieran impedido disfrutar de un ocio tan intenso. Desde hace una década compartía este sueño con mis tres viejas amigas, a las que se unieron sus respectivas parejas a pesar de sus recelos de advenedizos. No obstante, entre todos atesorábamos recuerdos de hacía casi treinta años gracias a Lucas, nuestro vínculo y una parte esencial de nuestras vidas, especialmente de la mía. Lucas ya no está conmigo, ha sido el último que me ha abandonado, y mi único objetivo es lograr que vuelva a esta casa, si es posible, vivo y sano. Que vuelva de cualquier modo, porque no puedo soportar esta incertidumbre y necesito hacerle preguntas cuya respuesta me es imprescindible para seguir existiendo.

Mis amigas del alma se marcharon antes de tiempo y la relación con sus parejas, ignoro por culpa de quién, se fue deteriorando. Cuando digo que se fueron antes de tiempo, me refiero a que murieron jóvenes, ni siquiera llegaron a cumplir los cincuenta, lo cual, supone un desastre prematuro y poco habitual en este siglo. Resulta demasiado inquietante que mis mejores amigas se hayan muerto tan jóvenes, cada una a causa de un cáncer diferente, así que conozco los síntomas, la terapia, la evolución y el desenlace de esta enfermedad. Me espanta que las personas cercanas no lleguen a completar su ciclo vital; se van de pronto y mi vida queda bruscamente interrumpida. Empiezo a sospechar que se trata de una maldición o quizá de una prueba a la que me somete el destino y que no logro superar. ¡Maldita soledad!

De modo que las muertes sucesivas me obligaron a abandonar el sueño de convertir esta casa en un refugio para la madurez. Por eso estoy aquí, en este espacio tan desmesurado, rodeada de espíritus cuya presencia no logro percibir. Sé que las casas conservan la energía de sus habitantes. En una parte de los quinientos metros vivió un viejo sabio por el que Lucas y yo sentíamos una enorme admiración y al cual rezo por las noches con la esperanza de que interceda por mí. Nos dejó una imagen de plata en una de las puertas a la que de vez en cuando me encomiendo, con poca fe, pero con mucha esperanza.

Ahora la casa parece estar maldita y, sin embargo, no tengo fuerzas para huir de ella. Algo similar les sucede a las personas que nacen, viven y mueren junto a un volcán o en una zona de frecuentes terremotos o a orillas de los ríos que se desbordan o de los mares que de vez en cuando se traga la tierra. La gente no se va porque acepta su destino. Casi nadie se molesta en huir de él, quizá porque piensa que está escrito en algún lugar. Habrá que preguntarse por qué hay países dejados de la mano de Dios, condenados a la fatalidad de la tragedia, cuyos habitantes aceptan con resignación todo lo que les viene encima.

Pero mi único deseo a estas alturas es que vuelvan mis fantasmas, porque me resisto a empezar una nueva vida y, sobre todo, a rodearme de desconocidos, como si tuviera veinte años. Ni los tengo, ni siento la menor gana de tenerlos. Quiero que la casa se vuelva a llenar, aunque sea de espíritus, pero los de siempre. Si no vienen ellos, iré yo a buscarlos. Y en dicha tarea pondré todo mi empeño para evitar que se derrumbe sobre mí este odioso caserón.

Francesca vive en otra ciudad, lejos de aquí, pero casi todos los días se ocupa de darme consejos. Está empeñada en que borre a Lucas de mi vida, cambie de actitud y abandone mi soledad: «Tienes que mirar hacia el futuro, Paula, eres demasiado joven para quedarte ahí sola, sin salir, sin ver a nadie. Somos muchos los que te queremos y estamos dispuestos a verte cuando nos lo pidas. Otros tuvieron desgracias peores que la tuya y han rehecho sus vidas. Lo mejor es que pongas remedio a esta situación. No permitas que los malos pensamientos te descontrolen el cerebro. Evita la noche si no puedes con ella. Evita las huellas directas, la letra, la voz, las últimas llamadas en el móvil. La tortura de responder cada día a un enigma. No hagas esfuerzos por ser amable, no leas nada que te duela, no te obsesiones con las fotos y los recuerdos, no estés con gente que no quieras, no hagas nada que acreciente tu dolor. Tus heridas no están cicatrizadas. No hurgues en ellas. Deja todo eso para más adelante. Sólo es cuestión de tiempo. No eres la única mujer a la que ha abandonado su marido. Tienes que aceptarlo...».

No sabes, Francesca, cuánto agradezco tu interés, pero me resulta difícil seguir tus consejos. Por las noches, cuando acabo las tareas cotidianas que me he impuesto para sobrevivir, me abrazo a una camisa suya y me embriago con su olor. Se me nubla la vista. No necesito demasiados motivos para llorar. Me resulta imposible contener las lágrimas a cualquier hora del día, tal vez porque hago lo que no debo. Miro constantemente las fotografías de Lucas que están en cada habitación. Las miro tanto que incluso he descubierto gestos que desconocía. Los indios tienen razón: las fotografías nos roban el alma. Oigo grabaciones con su voz, me recreo en su imagen cuando aparece en los vídeos, escucho obsesivamente a Tete Montoliú, fados de Cristina Branco, a Haendel, Bach, Mahler, Mozart y Albinoni, la música que él escuchaba en los últimos tiempos. Invoco su nombre para sentir su presencia de manera constante, y grabar así en mi memoria cada uno de sus gestos, su peculiar modo de caminar, su forma de mirarme, la alegría o la tristeza de su voz, los cariños que le hacía a la perra. Desearía que algún día me respondiera cuando le llamo y esta esperanza es lo único que me consuela. No quiero olvidarle jamás.

Acepto de mala gana la muerte de mis amigos y de mis familiares, pero lo que me resulta totalmente inaceptable es que Lucas se haya marchado cuando me prometió que se quedaría siempre a mi lado para ayudarme a superar las desgracias que me cayeran encima. Me daba ánimos cada vez que se lo pedía: «Te aseguro que ya ha pasado lo peor —me decía mientras me apretaba muy fuerte la cabeza entre sus manos—. A partir de este momento, tu vida será maravillosa. Te lo prometo». Tenía una fe ciega en él, porque jamás me había traicionado y, cuando me prometía algo, siempre se cumplía. Con su ayuda era capaz de superar cualquier desastre. Me había quitado el miedo a la muerte, porque estaba convencida de que apretar su mano en el último momento me calmaría y me guiaría en el trance. Ahora, otra vez, tengo miedo a morir sola. Llevo tantos años bajo su protección que no soporto este desamparo. Me abandona cuando peor me encuentro.

2

«¿Cómo vas?», me dijiste la última noche entre sueños. Te lo voy a contar, mi querido Lucas. No me entra en la cabeza que no estés en alguna parte. Es más racional pensar que, antes o después, te encontraré en cualquier lugar. Llevo cuatro semanas de búsqueda estéril, preguntando inútilmente a todas las personas que podrían saber algo de ti. Ni rastro de tu paradero. Si pudiera hablar contigo, aunque no te viera, aunque sólo nos comunicásemos a través de mensajes de teléfono. Pero sabes que tampoco así resistiría tu ausencia. Daría lo que fuera por tenerte a mi lado. Sería una locura que no me dejases cuidarte, intuyo que estás enfermo y te has alejado para evitarme el sufrimiento. No hay nada mejor que cuidar a una persona a la que se ama. ¿No te das cuenta de que esta situación es una crueldad? Sano o enfermo, te quiero conmigo.

Voy mirando entre la gente de la calle a ver si te encuentro, pero no existe nadie igual a ti. Si algo me gusta —un libro, un cuadro, una película, un vestido, una casa, un paisaje—, es porque lo sigo viendo a través de tus ojos. No pierdo la esperanza de saber de ti cada vez que abro el correo electrónico o suena el teléfono. Han pasado cincuenta largos días y me resulta imposible aceptar que no volveré a verte.

Hoy, a las tres y unos minutos de la tarde, me he despedido de nuestro amigo Charly. Le he dejado en el aeropuerto, se va a México y es probable que no le vuelva a ver. Es miércoles y hace casi dos meses que desapareciste. Fue un domingo. No siempre te añoro, a veces te odio por haber huido de mí, pero es un odio insignificante y, sobre todo, efímero. ¡Cuánto desamparo! Estoy derrotada.

Antes tenía varios instantes de felicidad al día. Ahora, si trato de buscar alguno que justifique mi existencia, sólo encuentro el momento del despertar, con la cama caliente, cuando enciendo la radio sin escuchar lo que dicen, sobre todo, si no tengo que levantarme rápidamente para cumplir con alguna obligación. Pienso que la vida no es tan mala como creía antes de dormirme. Esta sensación apenas dura unos segundos, el tiempo que necesito para darme la vuelta y comprobar que la cama está vacía, que no estás al otro lado. Entonces me levanto con una tristeza que se prolonga durante todo el día y me doy cuenta de que mi vida ya nunca será como antes.

Me sobrecogen los ruidos que escucho desde el otro extremo de la casa. Imagino que vuelves y te llamo, pero nadie responde y siento una soledad abismal. Noto una presencia humana y sigo el rastro de un fantasma cada vez que las maderas crujen o las puertas se golpean por una corriente de aire. Cuando me apresuro a cerrar las ventanas, me doy de bruces con tu ausencia. Empieza entonces mi lucha cotidiana entre el dolor de la memoria y el peligro de la desmemoria. Quiero hacer un borrado selectivo para no perder el recuerdo de los días plenos. Pretenden convencerme de que pronto llegará el día del olvido y me acostumbraré a él como a mi propio nombre.

No quiero, sin embargo, que tu imagen se desvanezca, dejes de moverte por la habitación, que me susurres al oído lo que necesito oír, me aprietes la cabeza entre tus manos, porque después sólo me quedará un recuerdo estático y el tiempo detenido. Sé que existen seres invisibles que caminan a mi lado. No dejes de habitar en esta casa de la que, por cierto, Francesca me obliga a salir.

No me atrevo a vaciar los cajones de tu mesa de trabajo. Cuando trato de abrir las puertas de los armarios, veo tu mano sobre los pomos y las cierro de golpe. Es triste haber dedicado una vida a lograr que alguien te conozca profundamente y, cuando ya lo sabe todo de ti, desaparece y se lleva tus sentimientos. ¿Dónde has dejado lo que aprendiste en los libros leídos durante toda la vida? ¡Tanto como sabías! ¿Dónde te has llevado nuestros secretos más íntimos? ¿Qué has hecho con los recuerdos de mi memoria? He perdido la mayoría y no sé cómo recuperarlos. ¡Qué espantoso vacío!

No puedo soportar la fecha de caducidad de los alimentos. Los anacardos se van a quedar rancios, pero no me atrevo a tirarlos, por si vuelves. Latas de conservas con cinco o incluso diez años de vigencia que no tomaremos juntos. Durante ese período de tiempo desaparecerán personas queridas y morirá una parte esencial de mí misma. Detesto los objetos tangibles que parecen eternos.

El dedal de mi madre lleva veinte años en el costurero removiendo mis entrañas cada vez que lo veo. Aún conservo alguno de sus trajes y sus frascos de perfume vacíos, como si fueran monumentos funerarios de los cuales no me atrevo a prescindir. En varias ocasiones he querido romper el disco de Kiri Te Kanawa que nos regaló Rita cuando celebramos todos juntos, por última vez, nuestra fiesta de aniversario. Ya no lo escucho, sigue muerto en la misma estantería.

Me apena escribir con los lapiceros que tan primorosamente afilaste y con los rotuladores que no me dejabas utilizar porque decías que los apretaba sobre el papel con demasiada fuerza. El *uni-ball eye fine* de Mitsubishi, de color morado, con el que más te gustaba escribir, ya está seco. Parece mentira que después de tantas pérdidas esta insignificancia me resulte dolorosa. Pero cada vez que doy por finalizado «algo más», monto un drama solitario. Quedan unos cuantos marcadores azules, rojos y verdes sobre tu mesa de trabajo y ni siquiera me atrevo a moverlos un milímetro más allá de donde tú los dejaste.

Por no hablar de los espejos en los que tantas veces he creído volver a verte. Estás siempre al otro lado, allí donde me es imposible llegar.

Es injusto que esos objetos, tan perecederos en apariencia, sobrevivan a las personas que quiero. En el fondo, me alegro cuando se acaban o se rompen sin que intervenga mi voluntad, porque me duele que tengan más vida de la que merecen. ¡Qué sentido tan cabal de la existencia tenían los egipcios cuando enterraban en las pirámides a sus muertos junto con sus objetos personales! Aunque si te digo la verdad, comprendo mejor a los hindúes y sus piras funerarias. A veces estoy tentada a quemarlo todo. Sin embargo, dudo que sirviera para purificar mis negros pensamientos.

Me amarga esta indigna sensación de libertad no deseada. No puedo dar explicaciones de mis actos, porque nadie me las pide y a nadie le interesa lo que hago. Repito los hábitos que tenía cuando estabas conmigo, porque los pequeños gestos cotidianos me dan un poco de calma. Rompo de vez en cuando alguna rutina. Ahora desbarato los periódicos y rasgo las hojas con rabia porque ya no los comparto contigo. Esa acción de romperlos con libertad, sin pensar en el que venga después, lejos de complacerme, me disgusta, porque pone en evidencia mi soledad.

Me entristece que no participes de mis quejas, de mis lecturas, de mis escrituras y de los comentarios que escucho a los vecinos. Estoy acostumbrada a tenerte como testigo constante de mi vida. Siempre estuviste pendiente de mis actos. Todo lo hacía, lo bueno y lo malo, con la certidumbre de que me estarías observando. Me acostumbré a actuar en función de ti. Cada acto de mi vida se justificaba por el efecto que te provocaba. Si me decías que algo estaba bien, estaba bien y no había que darle más vueltas. Si considerabas que estaba mal, lo mismo, estaba mal. Eras mi único referente moral.

Hasta las acciones más insignificantes tenían su reacción inmediata, casi siempre positiva.

Me acuerdo de cuando limpiaba los ojos a *Ruska* y, al instante, la perra se plantaba delante de ti para obtener tu aprobación. Quería escuchar: «*Ruska*, ¡qué guapa estás! ¡Qué limpia te ha dejado Paula!». En cierto modo, me acostumbré a actuar sólo para tu mirada, y ahora he perdido mis referencias. Casi todo te parecía bien y, si no, me lo hacías notar sutilmente, con tal sensibilidad que no me ofendías jamás. No he conocido a nadie con tantos miramientos. Ahora hago las cosas sin saber si están bien o mal. En realidad, hago poco que merezca ser elogiado o reprobado.

Imagino atrocidades y tengo deseos crueles porque sé que no saldrán de mi pensamiento. Antes intentaba evitarlos porque temía que hurgaras en mi cerebro y los descubrieras. Más aún, estaba convencida de que mis ideas escapaban de mi cabeza, flotaban en el aire y te llegaban con absoluta precisión, tal y como las había razonado. Por eso te conté todos mis asuntos inconfesables, porque sabía que acabarías por descubrirlos y nunca podría engañarte. Hasta que te fuiste, no era consciente de que te miraba como a un dios. Estoy asustada. Deberías ayudarme a superar mis temores.

Te necesito todavía más cuando se hace de noche. Tengo miedo. Me sobrecogen los espacios abiertos. No sabría describir el ataque de pánico que me entró la última vez que crucé la calle un poco más allá del semáforo. Me encontré sola en medio de la calzada: veía a los peatones a través de un cristal, me faltaba el aire, me sudaban las manos, me quedé sin saliva, sentía escalofríos, me creía incapaz de llegar al otro lado y estuve a punto de perder el conocimiento, desplomarme y que me atropellaran los coches que cruzaban en ambas direcciones.

Cuando se lo conté a Francesca, me dijo que eran síntomas inequívocos de agorafobia y que, al ser tan incipientes, la única manera de combatirlos era enfrentándome lo antes posible a estas situaciones de pánico. «Cuanto más te expongas al miedo, antes lo superarás, de modo que sal de casa, cruza la calle, ve a comprar sola a unos grandes almacenes, cuanto más grandes mejor, viaja en metro y prueba a ir sola al cine. En cuestión de un par de semanas lo habrás vencido».

3

Nunca había ido sola al cine. Nos gustaban las mismas películas o, para ser más precisa, me gustaban sólo las que tú decías que eran buenas. Si iba con otras personas, lo primero que pensaba era: ¿qué dirá Lucas? Y me contestaba inconscientemente lo mismo que hubieras respondido tú. Muchas veces salíamos arrebatados de la sala oscura, sin poder hablar, convencidos de que era innecesario comentar que nos habíamos fijado en las mismas cosas. Nos sucedió con la estremecedora agonía de John Malkovich y la amorosa dedicación en ese trance de Debra Winger en *El cielo protector,* cuya banda sonora, de Ryuichi Sakamoto, se convirtió durante varios años en la música de fondo de nuestros viajes a la casa de la playa. También nos dejaron esa impresión melancólica, taciturna y sublime ciertas escenas de *Dublineses*, *Fat City*, *El pianista* y, más recientemente, *Las horas*.

Ahora entiendo mejor los motivos. Son historias de perdedores y, de algún modo, nos reconocimos en el desasosiego de esos personajes decepcionados y llenos de fatal sabiduría. Uno de ellos, que en este momento no identifico, decía que la muerte siempre está en el camino, pero el hecho de que no sepamos cuándo llega parece suprimir la finitud de la vida.

Recuerdo especialmente algunas secuencias de *Las horas*. Me secaste las lágrimas con tu pañuelo al final de la proyección, antes de que se encendieran las luces. ¿Dónde estará, por cierto, ese pañuelo? Cuando Virginia, la señora Woolf, escribe la carta de despedida a su marido, lo hace con las mismas palabras que tengo escritas en la pared, delante de mis ojos. Es una frase subrayada por ti: «El gesto más radical del amor es la capacidad de perdonar. Cuando no hay conflictos, es imposible saber cuánto está dispuesta a entregarse una pareja. Nosotros hemos tenido multitud de conflictos, todos felizmente superados, menos el último. Por eso, nada me impide repetir la trivialidad de que las grandes historias, como la nuestra, siempre acaban mal». Y a continuación Richard le pregunta a Clarissa: «¿Te enfadarías si muriera?». Eso es lo que me preguntaste a mí pocos días antes de desaparecer. ¡Cuántas veces me dijiste: «Tengo miedo a decirte que me encuentro mal por si te enfadas. En realidad, sigo vivo sólo para satisfacerte»! ¡Claro que hacía bien en enfadarme! Eso es lo que hacemos todos: estar vivos por los demás. Alguien tiene que morir para que los que nos quedamos aprendamos a valorar la vida.

No soporto que te sobreviva la mermelada de naranja que está en el frigorífico. Voy a deshacerme de ella ahora mismo y después, por primera vez, iré sola al cine. Voy a intentarlo. Estoy segura de que Francesca tiene razón.

4

Cuando regreso a casa después del cine, totalmente desolada, se me ocurre abrir el buzón de correos, rebosante de papeles. Está lleno de folletos publicitarios, sobres con facturas del gas, de Prosegur, recibos del banco y algunas invitaciones para actos culturales a los que ya no asisto. Sin mirarlos apenas, los deposito sobre la bandeja de la mesita de la entrada, junto a las llaves, y me pongo a llorar.

He visto *¡Olvídate de mí!*, una película insustancial que me ha entristecido más de lo que estaba antes de entrar en el cine. Fui sin ganas, pero atraída por la actriz, Kate Winslet, y sobre todo por el título. Leí la sinopsis y pensé que podía ayudarme. «Joel recibe un terrible golpe cuando descubre que su novia, Clementine, ha hecho que un tal doctor Mierzwiak borre de su memoria todos los recuerdos de su tormentosa relación. Decide someterse al mismo proceso que su ex novia, pero cuando empiezan a desaparecer los recuerdos, descubre que desea recuperar su amor y se niega a seguir con el experimento. Le entra el pánico al darse cuenta de que ya no puede recuperar su amnesia voluntaria y, más concretamente, una carta de amor hecha mil pedazos que ya ha entrado en otra dimensión. No quiere quitarse a Clementine de la cabeza, porque considera que los recuerdos forman parte de nosotros mismos y es una tragedia perderlos antes de morir».

«Ésta es la mía —pensé—: una historia sobre cómo olvidar los recuerdos dolorosos».

Yo tampoco quería destrozar lo poco o lo mucho que me quedaba de Lucas; pretendía guardarlo para siempre en mi cabeza. La película de Michel Gondry resultó ser una buena sinopsis con un guión mal ejecutado y una estupenda actriz, a pesar de lo cual, me revolvió las entrañas. Claro que, en mi deplorable situación, no hace falta demasiado empeño para revolverme las entrañas. Peor que la película en sí, fue llegar hasta ella. La salida no me hizo bien. Me sentía observada por todos los transeúntes. Miraba la cara de la gente convencida de que les daba pena. Cuando llegué al cine, pedí una entrada.

—¿Quiere sólo una? —repitió la taquillera, probablemente de forma rutinaria.

—Sí, una solamente —musité, apenas sin voz.

Se me vino el mundo encima. También ella se compadecía de mi soledad. Me desmoroné en la butaca y crucé los dedos para no encontrarme con algún conocido. No lo hubiera soportado. Detesto dar lástima.

Salí deprisa, antes de que terminasen los títulos de crédito, para no coincidir con la gente. Estaba anocheciendo y hacía fresco. Me paré en la esquina de Bravo Murillo con Fernández de los Ríos para buscar un taxi, pero antes de pararlo me di cuenta de que sería incapaz de cruzar dos palabras con el taxista, de modo que me quedé esperando el autobús, a pesar de que el barrio me trae recuerdos lastimosos de mi madre. En otros tiempos evitaba esas calles, pero el dolor actual es tan intenso que aplaca otras penas más antiguas. Tampoco subí al autobús. Me fui caminando muy deprisa para entrar en calor y llegar lo antes posible a nuestra casa, de donde no debería haber salido.

Nadie sabe lo que me cuesta entrar en este lugar tan grande y tan vacío. ¿Quién lo va a saber? Antes llegaba ansiosa, con ganas de contarte lo más insignificante que me hubiera sucedido y tú escuchabas con la misma atención y el mismo interés que si fuera un cuento de las mil y una noches. Me preguntabas cada detalle y guardabas mis relatos, mis sensaciones y mis minucias como oro en paño. Te hablaba con la seguridad de que nada caía en saco roto. Mis pensamientos quedaban grabados en tu memoria. Al cabo de un tiempo te preguntaba por cualquiera de las tonterías que había dicho, porque sabía que recordabas cada una de ellas y podía recuperarlas en cualquier momento. Cada vez que abro la puerta siento que me ahogo de tanta soledad, de tanta pena. Sólo está la pobre *Ruska* viéndome sufrir, impotente, triste como yo, porque también te echa de menos, aunque no se queja de su suerte ni se despierta por la noche alterada, como me sucede a mí. Parece que duerme plácidamente, pero sé que también le inquieta tu ausencia.

Ahora entiendo cuando me decías que tuviera cuidado con mis deseos, porque a veces se cumplen y no sabemos qué hacer con ellos. La vida está hecha con más precisión de la que podemos imaginar. Cada uno de nuestros actos, por insignificantes que parezcan, tienen consecuencias y constituyen una parte esencial de la existencia. Nada de lo que hacemos es en vano. Recuerdo la cantidad de veces que repetía «necesito estar sola, no puedo con tanto barullo» y me iba a la casa de la playa para escribir, pasear, colgar un cuadro, encargar un espejo, en definitiva: perder el tiempo. Te llamaba diez veces al día para decirte que estaba tan a gusto y tan sola como en un santuario. Pero me has arrancado de golpe mis ansias de soledad.

El sueño se ha convertido en pesadilla. De estar voluntariamente sola he pasado al confinamiento, a sentir una soledad forzosa, impuesta y sofocante. Temo que mis palabras precipitadas y mis pensamientos irreflexivos provoquen efectos indeseados. Tengo miedo incluso a pedir insistentemente que vuelvas.

5

He pasado una noche muy inquieta, dando vueltas en la cama. A pesar del Orfidal, no me podía dormir, así que me tomé un relajante muscular para caer fulminada. Ni aun así lo logré. He estado despierta muchas horas y, al amanecer, me he levantado.

Tras la ducha, desayuno lentamente, me sobra mucho tiempo. Antes de salir a la calle me enfrento a la enojosa tarea de abrir las cartas que he dejado el día anterior sobre la bandeja. Tiro las invitaciones y guardo los recibos. En uno de los sobres viene mi nombre y mi dirección, pero no tiene sello ni remite. Lo abro sin el menor interés y, de pronto, en el reverso del papel percibo los rasgos de su letra. No pueden ser buenas noticias. Me caen goterones de sudor por la frente y se me empapa la camisa. Tengo escalofríos. Es difícil mantener el equilibrio en una situación tan precaria como la que yo sufro. Cualquier soplo de brisa me derrumbaría, cuanto más percibir su letra. He deseado tanto una noticia, una palabra, la más mínima huella, que temo enfrentarme, de pronto, a la verdad. Debo continuar. Hago un esfuerzo, me siento, y leo vacilante.

Mi querida Paula:

Estoy convencido de que algún día me perdonarás. Sé lo que estás sufriendo, pero te aseguro que el sufrimiento sería mayor si me hubiera quedado contigo. Es la hora de la siesta y, mientras te escribo, estoy recostado en una colchoneta blanca en un cuarto casi vacío. Fuera hay un huerto y unos árboles maravillosos. Tengo todo lo que necesito. No te preocupes por mí.

Cuando te dije que soñaba con retirarme del mundo, era cierto. He encontrado la paz que buscaba. Me has dado la mayor felicidad posible. Has sido todo lo que alguien puede ser para otra persona. Estaba destrozando tu vida; conmigo, encerrado todo el día en casa, no podías trabajar. Ahora lo harás, lo sé. Te debo la felicidad de mi vida. Has tenido una paciencia infinita y has sido increíblemente buena. En mí ya no queda nada, excepto la certeza de tu bondad. No puedo seguir arruinando tu vida. No creo que dos personas puedan ser más felices de lo que lo hemos sido nosotros. Te recuerdo que estas palabras son aquellas que, en Las horas, *Richard le dedica a Clarissa, pero me he apropiado de ellas. ¿Cuántas veces te las he repetido después de hacerlas mías? Considero que me pertenecen, pero no te las diré más. Sólo te pido que no me busques. Espera a que te vuelva a llamar. Sé que te exijo demasiado, pero ten paciencia, algún día agradecerás que me haya marchado.*

No te sientas sola. Te protegeré vaya donde vaya. Confía en mí. Una cosa más; la última. Te ruego que sigas mis instrucciones. Ve a León y pide a tu tía Olvido la carta de tu abuelo Román. Tienes que escribir su historia. Me lo prometiste. Quédate en San Marcos, en la habitación donde pasamos aquellos días mágicos, y escríbelo todo. No dejes de hacerlo. Tendrás noticias mías cuando estés allí y sabrás algo más.

No olvides que eres mi amor eterno. No pierdas nunca la esperanza.

Te amo,

Lucas.

Ha sido un golpe brutal. Me siento mutilada. Es algo más incomprensible que la muerte. Lloro con rabia. Me estallan en la cabeza demasiadas preguntas: ¿dónde estará ahora, en este instante? ¿Quién dejó el sobre en el buzón? ¿Cómo ha tardado tanto en escribirme? ¿De qué huye? ¿Por qué me abandona? ¿Por qué sufriría más si se hubiera quedado conmigo? ¿Estará enfermo? ¿Todo es mentira y hay otra mujer? ¿Le está persiguiendo alguien? Tengo que ponerme inmediatamente a buscar algún lugar con un huerto.

Leo la carta media docena de veces para intentar encontrar alguna prueba que me indique dónde está, pero es inútil. Más allá del huerto, no sé hacia dónde dirigirme ni qué hacer. Rechazo la idea de que su decisión sea irreversible. Tiene que volver o, al menos, dejarme que le vea una vez más, aunque sólo sea unos instantes, para despedirme definitivamente, si eso es lo que quiere. Pero no puedo quedarme así. Se ha desprendido de mí como si fuera un lastre. Es un despropósito que desaparezca y me escriba al cabo de tanto tiempo de sufrimiento sin contarme la verdadera causa de su huida. Me gustaría odiarle o, al menos, no quererle tanto como le quiero. ¡Cuánto daño me hace!

Me meto en la bañera y continúo llorando, furiosa y desconsolada, durante mucho tiempo.

Capítulo dos

Benditos perdedores

Nació al cabo de una década del fin de la Guerra Civil y cada vez que se cumplían diez años se acercaba más a la verdad. En el septuagésimo aniversario de la Guerra Civil recupera, al fin, cartas, testimonios, pruebas y recuerdos que constituyen la memoria de sus antepasados.

1

Pasaron varios días hasta que empecé a pensar en la visita a San Marcos y la carta de mi abuelo. Es cierto que yo le había hablado muchas veces de la posibilidad de volver a León para seguir el rastro de esa historia que había destrozado la vida de mi madre, pero siempre quise hacerlo con él. Estaríamos los dos juntos unas semanas en San Marcos para recuperar mis recuerdos infantiles. Pero, sin Lucas, el viaje carecía de sentido. Sin embargo, si quería tener noticias suyas no me quedaba más remedio que seguir sus instrucciones. Estaba segura de que cumpliría su promesa. Me fui haciendo a la idea de que tendría que interrumpir mi trabajo en Madrid, dejar a *Ruska* en el campo, en casa de mi hermano, y emprender el viaje con la esperanza de recuperarle o, al menos, saber por qué o por quién me había abandonado. Aunque no sabía todavía cuánto tiempo tendría que quedarme en el hotel, reservé la habitación para quince días.

2

Busco entre los libros la historia a la que se refiere Lucas, porque sé que estaba escondida por aquí. Recuerdo que se la conté en una carta que le envié desde Bruselas cuando fui a ver a mi tío Fabricio. La encuentro, al fin, entre las páginas de *Si la semilla no muere,* de su adorado André Gide. Lo extraño es que ni siquiera se ha llevado a Gide. La carta está en una página donde aparece una frase subrayada: «Las cosas pertenecen a quien sabe gozar de ellas». No puede ser sólo fruto de la casualidad. Doy vueltas a su significado y, sobre todo, al hecho de que Lucas guardase mi carta, a modo de señal, junto a esta frase sobre la que meditó tanto. En estos días pierdo el hilo de mis pensamientos, me ofusco y tiendo a divagar obsesivamente. Todo me parece una señal, una puerta que se abre, una llamada de atención, un indicio, un rastro, una pista de cómo encontrarle dentro de este tortuoso laberinto.

Saco varias hojas del sobre amarillento y compruebo la fecha en el matasellos, 13 de agosto de 1974. Franco aún no había muerto. Me sorprende leer con dificultad mi propia letra. Escribí aquella carta de manera vehemente y apresurada.

> *Amor mío:*
>
> *Parece mentira que, en pleno verano, llueva tanto en esta ciudad, pero doy largos paseos con mi tío, a pesar del diluvio, y salgo por las noches a tomar copas con mis primos y sus amigos. Conocen a exiliados de muchos países. Mi tío Fabricio está muy viejo, pero muy lúcido,*

y su único deseo es regresar a España cuando muera Franco. Me ha contado exactamente lo que quería escuchar.

A mi abuelo Román le fusilaron las tropas franquistas en el año 1936, después de pasar cinco meses en la cárcel de San Marcos de León, convertida en uno de los campos de concentración más siniestros de la guerra y la posguerra. Allí encarcelaron a unos siete mil hombres y trescientas mujeres. Se dice que en los sótanos (llamados la Carbonera) se torturaba a los presos. Le mataron tras un consejo de guerra (se supone que sin juez ni defensa) en noviembre del 36, en una ejecución masiva que tuvo lugar en el macabro polígono de tiro de Puente Castro, donde se fusilaban periódicamente a cuantos militaban en los partidos o sindicatos de izquierda, habían ocupado algún cargo, defendían la legalidad de la República o simplemente simpatizaban con ella. Me cuenta que la provincia de León fue una de las más castigadas por la represión franquista. Murieron más leoneses en la retaguardia que en los frentes de batalla.

A mi abuelo le fusilaron (tengo que averiguar el día) junto a varios alcaldes, el gobernador civil, el presidente del Frente Popular, dirigentes políticos comunistas, socialistas y anarquistas, catedráticos, profesores, maestros, ferroviarios... Sólo salvaron su vida quienes lograron huir, como su hermano Francisco y mi tío Fabricio. No se sabe si a mi abuelo le dieron el «paseo» a mitad de camino o si llegó con vida al polígono de tiro de Puente Castro, aunque, en el fondo, casi es lo mismo. Nadie supo los detalles, y esa incertidumbre torturó a mi madre durante toda su vida. Me dice que, horas antes del fusilamiento, mi abuelo escribió una carta a mi padre para pedirle que cuidara de las tres mujeres de su familia. No sé quién tendrá ese escrito.

Mi padre lo pasó muy mal; era demasiado bueno. No le fue fácil casarse con mi madre, tal como estaban las cosas recién terminada la guerra, porque él pertenecía a una conocida familia de derechas. Así que, como ves, por el lado de mi madre somos una familia de «rojos» diezmada por las muertes y el exilio. Todo lo contrario que la tuya, que ha salido siempre airosa de estos y otros trances. Supongo que mis ansias de ponderación son parte de mi herencia genética y responden a un esfuerzo inconsciente por encontrar cierto equilibrio entre los dos bandos de mis padres. Ya sabes que a mi madre le horrorizaba cualquier exceso político.

Cuando vuelva, me encantaría ir contigo a León y que me ayudes a averiguar más detalles. Necesito enterarme mejor de la historia de mi familia, pero no sé si seré capaz de hospedarme en San Marcos, teniendo en cuenta que fue el «escenario del crimen». Mi tío Fabricio, cuñado de mi abuelo, y mi tía Olvido, hermana de mi madre, son los únicos testigos supervivientes de aquella época de penuria. Me gustaría llegar a tiempo para hablar con ella de sus recuerdos...

Detesto hacer sola este esfuerzo. Tardé mucho tiempo en superar el horror que me producía San Marcos. Creo que aún no lo he superado del todo, a pesar de que Lucas me pidió que durmiéramos allí una noche muy especial. Y es cierto que fue una noche inolvidable. Las numerosas veces que iba a León, pasaba por delante del pórtico apresuradamente, sin apenas mirarlo, porque me recordaba las cosas que mi madre me contaba de mi abuelo Román y me invadía una melancolía insoportable. Pasé mi infancia desconcertada ante el sufrimiento de mi madre. La oía llorar a escondidas, sobre todo en determinadas fechas. Cuando le preguntaba, siempre me respondía lo mismo:

—No te preocupes, sólo es este maldito dolor de cabeza. Se me pasará pronto.

Yo sabía que había algo más. Me imaginaba que mi hermano le había dado algún disgusto o que había tenido una discusión con mi padre por problemas de dinero. Pero estaba convencida de que el dolor físico no le hacía llorar de ese modo, porque mi madre era fuerte.

En cierta ocasión llegué de improviso y escuché detrás de la puerta de su habitación un llanto desconsolado. Cuando salió, no fue capaz de disimular.

—Es 28 de febrero, el santo de tu abuelo Román. Hoy cumpliría 87 años —dijo con solemnidad.

—Pero, mamá, ¿cuánto hace que murió el abuelo?

—Hace más de treinta años que le asesinaron —confesó con la misma severidad, pero aún más alterada—. Le fusilaron unos desalmados al comenzar la guerra.

Cuando era adolescente, por motivos ajenos a este secreto brutalmente revelado, yo detestaba a Franco y a cualquier cosa que oliera a franquismo. En mi casa no se hablaba de política, pero se apagaba la radio cada vez que emitía el sonsonete que anunciaba el parte, las noticias de Radio Nacional, o cuando Franco pronunciaba un discurso con esa insufrible voz aflautada. Si mis padres me llevaban al cine, llegábamos siempre después del nodo, otro deleznable informativo propagandístico. Sabía, por tanto, que no eran devotos del «régimen», hasta el punto de que a mi hermano y a mí nos llevaron al único colegio que había en Madrid con profesores republicanos represaliados. No había en las aulas ni un solo símbolo franquista, como en el resto de los colegios, ni el yugo y las flechas ni una foto del caudillo ni del fundador de la Falange ni se cantaba el *Cara al sol* o *Montañas nevadas*. Niñas y niños compartíamos muchas actividades, pero cuando venía el inspector del ministerio, tocaban a rebato, nos separábamos y borrábamos las huellas de aquella promiscuidad prohibida. En mi colegio tampoco se hablaba de política ni de religión. Era un remanso de paz en medio de tanta desolación.

Cuando mi madre se calmó, me dijo que quería hablar conmigo, que la acompañase a la cocina porque tenía que dejar hecha la masa de las croquetas para la cena. Y así me lo contó por primera vez, mientras mezclaba en la sartén la harina y la mantequilla.

—Creo que ya es hora de que lo sepas. Tu abuelo era una buena persona, y el único delito que cometió en su vida fue tener un retrato dedicado de Pablo Iglesias en el comedor de su casa. Por eso le fusilaron.

El punto de partida no era demasiado preciso y tampoco el desenlace. Mi madre estaba todavía un poco alterada.

—Vete más despacio, madre, quiero saberlo todo.

—Así fue, en resumidas cuentas. Tu abuelo trabajaba en la estación de trenes que estaba junto a nuestra casa. Le tenían marcado desde que participó en la huelga de 1917. A raíz de aquello le echaron de la compañía de ferrocarriles, que entonces se llamaba Caminos de Hierro del Norte de España, porque decían que era un agente izquierdista, y después de tenerle castigado no recuerdo cuánto tiempo, le volvieron a readmitir como repartidor del almacén, y desde entonces...

—¿Y era cierto? —la interrumpí.

—¿A qué te refieres, hija?

—Que si el abuelo era un agente izquierdista...

—Tenía el carnet de la UGT, era socialista y admiraba mucho a Pablo Iglesias. Pero nunca fue agente de nadie.

—¿Cuándo le detuvieron? —seguí preguntando a mi madre.

—Cuando se proclamó la República le rehabilitaron, pero eso duró pocos años, hasta el maldito Alzamiento. A los pocos días, en pleno verano, no se me olvidará aquel 7 de agosto, fueron a detenerle unos miserables que llevaban la camisa azul de la Falange. Fue horrible el momento en que aporrearon la puerta y la brutalidad con la que entraron en casa. Le bajaron a empujones por las escaleras.

—¿De qué le acusaron?

—De nada en concreto. Sólo le preguntaron que si era él. Pronunciaron su nombre mientras le apuntaban con las pistolas, le agarraron entre dos y le dijeron que se lo llevaban por rebelión militar y traición a la patria. Recuerdo que tu abuelo respondió: «Yo jamás he traicionado a nada ni a nadie». «Tiene delito —dijo uno de ellos—, éste es amigo de Durruti. Yo lo sé».

Mi abuela intentó convencerles de que era un error. Trató de apartarles, la empujaron y se cayó al suelo. Mi tía y mi madre la ayudaron a levantarse. Gritaron, pidieron socorro, pero ningún vecino salió en su ayuda.

Estaban todos muertos de miedo. No pudieron hacer nada. Se fueron las tres llorando detrás de la comitiva. El abuelo Román gritaba: «¡Volved a casa! ¡Volved a casa!». Pero ellas continuaron hasta cruzar el río y, al otro lado del puente, le subieron a un camión con el resto de los detenidos. Se unieron a las mujeres de los otros y siguieron corriendo por la calle de Ordoño II hasta que perdieron el rastro del camión. Ya no le pudieron ver más que de lejos. Nunca volvieron a hablar con él.

—¿Se lo llevaron a San Marcos?

—No, primero le encerraron en la parte vieja, en la Cárcel del Arco, donde la muralla; la llamaban la Carcelona de Puerta Castillo. Hasta allí llegamos las tres, desfallecidas y muertas de angustia. Sólo nos encontramos con las mujeres de los otros presos. Todas lloraban. Nos dijeron que si no había hecho nada, lo soltarían, y nos echaron de allí, pero mi madre estaba segura de que ya no le veríamos jamás, porque no soltaban a nadie. Todos los días aparecía algún cadáver en el río...

—¿Por qué no me lo has contado hasta ahora, mamá?

—Porque tenía miedo. Tu padre no quiere que os hable de estas cosas. Detesta a los fanáticos de uno y otro bando. Quiere que seáis gente equilibrada y tranquila, que no tengáis odio ni rencor. Y, por otro lado, cuanta menos gente sepa que soy hija de un fusilado por Franco, mejor para todos. En el ministerio pueden tomar represalias contra tu padre.

—No sufras, mamá. Ya seguirás contándomelo otro día...

Sólo trataba de evitar su angustia. Interrumpir el tormento que suponía rememorar aquel siniestro itinerario.

No soltó una sola lágrima, pero estaba abatida, exhausta al recordar las penas acumuladas durante tantos años. Continuaba dándole vueltas a la masa de las croquetas y hablaba en voz baja, como si tuviera miedo de que se enterasen los vecinos; miedo a que algún otro delator pudiera arruinar aún más su vida. Pero el secreto le estallaba en el pecho y quería liberarse, compartirlo conmigo aunque fuera en voz baja; su deseo oculto era que su hija tomase partido contra aquella infamia.

—¡Lástima que no huyera! —seguía mi madre—. Y eso que se lo advirtieron todos: «Lárgate antes de que las cosas se pongan feas —le avisó su cuñado Francisco—, que si te cogen te liquidan». Ya ves, hija mía, Fabricio se escondió en los montes y salió unos días después por la frontera y eso le salvó la vida. Pasó un tiempo en París, pero cuando entraron los nazis tuvo que huir otra vez, por eso se instaló en Bruselas, pero, mira, todavía está vivo. Tu abuelo, sin embargo, dijo que él se quedaba porque no tenía nada que ocultar.

—Y era cierto, mamá, tenía la conciencia tranquila.

—Vaya si la tenía... La conciencia, sí, pero el retrato fue su perdición. Ese retrato fue la disculpa para denunciarle.

—¿Sabes quién le denunció?

—Las monjas del convento de enfrente. Fueron ellas las que lo acusaron: «Ése es rojo... que tiene a Pablo Iglesias presidiendo el comedor de su casa».

—¿Por qué sabían ellas lo del retrato de Pablo Iglesias?

—Porque lo vieron por la ventana. Siempre estaban muy pendientes de nosotros. Como no pisábamos la iglesia... Tu tía y yo íbamos al colegio de las monjas; no había otro donde ir. Y a mí me tenían martirizada con el dobladillo del uniforme. Me lo descosían porque, según ellas, llevaba la falda demasiado corta y era pecado enseñar las pantorrillas. Cuando llegaba a casa, mi madre me lo cosía otra vez a la misma altura. Al día siguiente, las monjas me lo volvían a descoser, pero a mi madre no le daba la gana que llevase la falda por los tobillos y todos los días tenía la santa paciencia de subirme el bajo hasta la rodilla. A mí me daba vergüenza someterme a la burla de las monjas, pero ella insistía: «No hay que dejarse avasallar, hija mía».

—¿Y tú crees que le acusaron sólo por eso?

—Sí, hija mía, muchas veces lo he pensado. Más que por las ideas de tu abuelo, quizá nos delataran por eso, porque no soportaban la rebeldía de tu abuela. Los falangistas habían preguntado por sus antecedentes en el almacén y, como tenía fama de rojo, mandaron a buscarle a casa. Uno de ellos, por lo visto, testificó que le había visto en un mitin saludar a Durruti.

Me contó mi madre que, al margen de las huelgas, lo más arriesgado que hizo en su vida fue saludar a Buenaventura Durruti cuando dio un mitin en la Plaza de Toros de León, al que asistieron muchos gerifaltes locales de la República. Allí estaban todos en primera fila. Ellos fueron testigos del abrazo que le costó tan caro a mi abuelo, porque los delatores aprovechaban cualquier circunstancia para acusar a personas inocentes. Mi abuelo nunca fue revolucionario ni anarquista, como Durruti, sino un moderado defensor de la legalidad republicana.

No era extraño que mi abuelo le saludase. La familia Durruti era muy conocida en León y, sobre todo, entre los ferroviarios, porque vivían junto a la estación. El que menos andaba por allí era Buenaventura, pero se había convertido en un héroe popular desde que se había ido a Cataluña a liderar el sindicato anarquista. Decía mi madre que se trataban con los Durruti porque eran vecinos, y Buenaventura, concretamente, era muy afectuoso, aunque a primera vista imponía, porque era un hombre grandón con una mirada penetrante que asustaba un poco. Mi abuelo, por motivos laborales, tenía también trato con algunos mineros asturianos y del Bierzo. Otra causa negativa para sumar a su expediente. La mayoría eran revolucionarios y abanderaban las luchas obreras. Los más jóvenes, los que lograron sobrevivir a la guerra, se hicieron del maquis, como *El Asturiano,* que era comunista y comandó la guerrilla en los montes leoneses de La Cabrera. Era un niño cuando las tropas franquistas entraron en Asturias, pero algunos miembros de su familia llevaban a cabo sabotajes en las líneas férreas entre Asturias y León. Por eso los conocía mi abuelo.

Parece que es verdad, que las monjas fueron las que le acusaron, las principales responsables de la desgracia de mi familia. Desde que mi madre me lo contó, y durante mucho tiempo después, estuve convencida de que todas las monjas eran como aquéllas, capaces de dormir plácidamente mientras escuchaban el ruido de los disparos de los fusilamientos.

—Ellas tan tranquilas, en el convento —musitaba mi madre—, y tu abuela trastornada cada vez que escuchaba los tiros.

Mi abuela Ángela padecía unas jaquecas brutales. Cuando le empezaba a estallar la cabeza, se metía en la cama, a oscuras y en absoluto silencio. Aquellos meses tuvieron que ser una auténtica tortura para mi abuela. Se ponía enferma cada vez que oía los disparos, porque pensaba que alguno iba destinado a su marido. Cada mañana se presentaba en la puerta de San Marcos y preguntaba si seguía vivo.

—Tu padre, ya entonces éramos novios, no logró enterarse de la fecha del fusilamiento, porque ni ellos mismos lo tenían previsto.

Cuando mi abuela supo que la condena a muerte era firme, se volvió loca de dolor. Esa noche, al parecer, se acostó con el pelo negro y a la mañana siguiente apareció con un enorme mechón de canas que le cubría la mitad de la cabeza. Murió de un tumor cerebral un par de años después de que fusilasen a su marido.

—Una mañana nos dijeron que ya le habían fusilado y ni siquiera nos dejaron ver el cadáver... No supimos dónde se lo llevaron. No pudimos consolarle, ni despedirnos de él...

Fue incapaz de seguir con el relato. Rompió a llorar. Por primera vez acuné a mi madre entre mis brazos y traté de consolarla. Le dije lo orgullosa que me sentía de ella y de la dignidad de mi abuelo. Que parecía un hombre admirable y que yo defendería siempre sus ideas.

—No, hija mía —me respondió mi madre aterrada—, ni se te ocurra; ya hemos tenido suficientes desgracias. No quiero que tú también te metas en problemas. No me des más disgustos.

Mi madre, por desgracia, no tuvo ocasión de comprobar si aquellas muertes fueron inútiles. Yo aún no sabía, como sé ahora, que la vida es asquerosamente injusta. Nunca llegaremos a entender por qué hay personas absolutamente bondadosas que sufren infinitas desgracias y mueren jóvenes, sin tiempo para recuperarse de tantos padecimientos y, sin embargo, hay muchos malvados que son longevos y parecen felices. Claro, que cada uno tiene un concepto distinto de la felicidad. He comprobado que para muchos la muerte supone una liberación cuando viven un infierno, pero es difícil conocer el grado de felicidad ajena.

La pena es que mi madre murió antes que Franco, como mi tío Fabricio, que falleció al poco tiempo de que yo fuera a visitarle a Bruselas. Me sentí prematuramente huérfana. Seguramente a mi madre le hubiera gustado saber que su hija, al cabo de los años, pretende culminar una obsesión y desentrañar lo que ocurrió.

A raíz de aquella conversación pude averiguar los aspectos más recónditos de la vida de mi familia, pero este conocimiento no fue suficiente para borrar el dolor soterrado de mis padres, ni un ápice de sus angustias ni de las mías. Me sorprende no mantener el desprecio por aquellas monjas fanáticas que cometieron la vileza de delatar a mi abuelo.

No vale la pena seguir escarbando en suplicios de un pasado tan lejano. Me sobrepasaba mi orfandad, pero aún me asfixia más el presente. A estas alturas de la vida, la teoría apenas esbozada en la carta que le envié a Lucas desde Bruselas sobre mi personalidad me parece muy sensata. Es cierto, probablemente, que mis ansias de moderación, la persecución obsesiva de la armonía y el intento de comprender los dos extremos de cualquier conducta se deba a un reparto equitativo de mis progenitores. No es que me parezca mal, todo lo contrario, pero esa búsqueda obstinada de contrapesos es responsable de mi carácter dual, de mis vacilaciones, de estar siempre a caballo entre dos vidas, sin decidir jamás cuál de las dos se adapta mejor a mi modo de ser.

Dudo entre la quietud y el movimiento, entre la vida y la muerte... Siempre tengo la cabeza en un lugar distinto al que me encuentro. Quiero ser bondadosa, pero necesito transgredir de vez en cuando; trato de cuidarme, pero me autodestruyo con frecuencia. Pienso en lo que debo hacer más que en lo que estoy haciendo, y esa vacilación continua es una rémora para ahondar en asuntos o en personas que aparentemente me interesan. Cuando parece que estoy a punto de lograrlo, los seres más queridos con los que establezco relaciones profundas me abandonan y ya no tengo ánimos para volver a empezar.

Me gusta moverme por la superficie de las cosas. Estoy convencida de que la piel acusa más los golpes que las entrañas. Desde luego, en mi caso, es donde se reflejan los estados de ánimo. Necesito la paciencia que no tengo para llegar al final de esta historia y darla por concluida. Cada vez con más frecuencia tengo la tentación de claudicar y decir: «Está bien, me rindo». Tengo una edad en la que me podría dar por vencida, pero ya no merece la pena.

Capítulo tres

Olvida el paraíso

Cada noche de San Lorenzo subían juntos a la cima de la montaña para contemplar el fastuoso espectáculo del firmamento. Pedían deseos a una estrella fugaz. La última no fue una noche cualquiera. Cuando estaban mirando el cielo protector, vieron el asterisco del deseo, el más brillante de todos, donde el principito trataba de impedir que creciesen las semillas de los baobabs. Cuando se pone triste, mira hacia la bóveda celeste, porque no pierde la esperanza de encontrarlo resplandeciente en el séptimo cielo, en una de las siete estrellas errantes que dieron nombre a los días de la semana.

1

Tuve la pésima idea de ir a León en tren, hacer el mismo recorrido y pasar por las mismas estaciones de mi infancia. Y esa decisión me trastornaba el alma. Aquel tren de los años cincuenta salía siempre con retraso de la Estación del Norte y solía llegar a su destino, envuelto en una nube de vapor, varias horas después de lo previsto. Los andenes olían a carbón y los vagones a mugre. Todo estaba cochambroso: el reloj amarillento colgado de un esqueleto de hierro, la cantina inmunda donde sólo entraban hombres que olían a ropa sucia y a sudor, los duros asientos de madera, el hedor de los retretes, los pasajeros envueltos en mantas, las maletas de cartón atadas con cuerdas, los fardos de arpillera o de sábanas viejas, las gallinas vivas o muertas... Me estremecía el anochecer, cuando la ventana del vagón reflejaba los rostros de los que estábamos dentro y en el exterior no se podía ver más que una profunda negrura. Tampoco me gustaban los túneles, porque me atascaban la nariz y me tiznaban la frente de carbonilla, ni las incontables paradas en las estaciones, donde mi hermano bajaba a beber gaseosa fresca y cuando sonaba el silbato y no le veía, me entraba la angustia de haberle perdido para siempre en el andén.

Ya nada es lo mismo, excepto la nostalgia que me produce este itinerario. Cuando recuerdo aquellos viajes, me invade una profunda tristeza y, sin embargo, considero que mi infancia fue feliz, sobre todo porque la contemplo desde un presente lúgubre. La melancolía es una trampa para la memoria. Nadie es capaz de hacer un balance sincero y preciso, entre otras cosas porque no existen ni la realidad ni la bondad ni la maldad ni la felicidad ni la desdicha de una manera absoluta y permanente, se limitan a ser fragmentos de vida que nos confunden, según los vamos revisando. En ocasiones más bien fugaces somos felices; en otras, bondadosos, y en otras, estúpidos del todo. Pero nadie es permanentemente una cosa u otra.

El caso es que hace más de treinta años que murió mi madre y Lucas estaba conmigo aquel día y, desde entonces, nunca me dejó sola en ningún trance. Todos los pasé con él. Pasé de estar bajo la protección de mi madre a la suya. He vivido casi medio siglo entre uno y otro sin que haya existido un solo día de abandono. Mi madre se fue sabiendo que me dejaba en buenas manos. Por eso ahora me siento tan desvalida.

En este día horrendo en el que me da por echar la vista atrás, le recuerdo más todavía. Me asustan las marcas que va dejando la vida en mi cuerpo plagado de cicatrices. Pasaron más de tres años hasta que pude reponerme un poco de la muerte de mi madre. ¿Cuánto tiempo tardaré en recuperarme de esta ausencia? En nada he logrado ser una excepción, salvo en perder prematuramente a mis seres queridos. Supongamos que Lucas no vuelve, que se cumple la estadística y me queda todavía un cuarto de siglo de vida o más. ¿Voy a pasar otros veinticinco años lloriqueando por las esquinas? Creo que jamás me sentiré protegida. Desde el día en que se fue tengo los ojos enrojecidos. Nadie sabe cuánto dura el llanto. Me repito todos los días el lema que un viejo mandarín mandó grabar en un sello para ofrecérselo a un futuro príncipe: «También esto pasará». Le aconsejó que lo leyera en los momentos más difíciles y dolorosos, pero, sobre todo, que lo tuviera presente cuando la vida le sonriera, porque las mayores crisis surgen por lo que se tiene, más que por lo que se es, aunque con demasiada frecuencia se confunde el tener con el ser.

Mientras voy en el tren, miro las piedras que rellenan las traviesas de las vías y recuerdo que un día le pregunté qué sentido tenían esas piedras, y me explicó que las ponían allí para que drenasen el agua de las lluvias. Estas cosas ya no se las puedo preguntar a nadie, porque se supone que debería saberlas. Él me aclaraba todas las dudas. Tenía la costumbre de preguntárselas y la absoluta convicción de que me daría la respuesta precisa. Cuando se fue mi madre, al menos me dejó en sus manos y, sin embargo, él me ha dejado colgada en el vacío. Si me viera tan torpe, tan insegura, tan triste..., ¿volvería? Me consuela imaginar que me protege desde donde se encuentra. Pero no logro creérmelo del todo, porque ni le siento ni le intuyo. Podría manifestarse de una manera más eficaz. Sólo llevo la carta en la que me indica un itinerario que en este preciso instante estoy siguiendo con docilidad. Espero encontrarle al final del camino.

2

Llego a León y mis ojos se detienen en el reloj de la estación. Parece el mismo que he mirado tantas veces con impaciencia, cuando desaparecía mi hermano y se oía el silbato del tren anunciando la salida. Marca las cuatro y dos minutos de la tarde en el preciso instante en que desciendo por la escalera cargada con la maleta. Me quedo esperando a que pase un minuto más para comprobar si la aguja larga hace un movimiento brusco. En efecto, todos los relojes hacían lo mismo y siguen funcionando como entonces, cuando mi tío Macario nos recibía en el andén para ayudarnos a transportar el voluminoso equipaje que necesitábamos para los tres meses de verano. Era la primera escala del viaje, pasábamos una noche en su casa y, al día siguiente, cogíamos otro tren de vía estrecha hasta Pola de Luna, el lugar de mis sueños, donde conservo los mejores recuerdos de mi infancia. Allí dejé para siempre la tumba de mi perro, el cine de verano, las rosquillas de anís, los tarros de farmacia, los revolcones en el prado, los carros de bueyes, los cangrejos de río, la tienda de Aniceto, los pecados del primer amor.

Atravieso la sala de espera y me quedo a la intemperie, sin darme cuenta de que la lluvia me está empapando. Nadie me espera en la estación. A nadie le preocupa si mi tren llega con retraso. A nadie le importa que tarde unas horas más o menos, o unos días más o menos. He avisado a mi tía Olvido que iré a visitarla, pero no quise precisar la fecha por si me arrepentía. A su edad, las visitas resultan inquietantes porque interrumpen sus costumbres. Es decepcionante comprobar que mi vida cotidiana no le importa absolutamente a nadie; que, en el fondo, estorbo con mis previsiones, que molesto con mi solicitud de compañía. La lluvia me empapa la cara y nadie nota que estoy llorando. Tonterías. ¿Quién iba a notarlo?

En el tiempo transcurrido desde que tomé la decisión de recuperar la historia de mi abuelo he tenido falsas percepciones. El otro día, al salir de casa, me paré para darle un recado al portero y, de pronto, me pareció que Lucas hablaba con él como si no hubiera pasado nada. Le decía algo así como que la comunidad, además de arreglarnos la gotera de la pared, tenía que restaurar un cuadro de su padre enmohecido por la humedad. Escuché, con absoluta nitidez, que el portero le daba la razón y se despedía.

—No se preocupe, don Lucas, yo me encargo de decírselo al administrador.

No pude verle, pero juro que lo viví tal como lo cuento. A la mañana siguiente tenía una llamada perdida en mi móvil con su número de teléfono. Le llamé cien veces, pero no dio señal alguna.

Y es que, hasta este momento, había mantenido la esperanza de que hiciera conmigo el viaje. Ahora me veo atravesando el puente de San Marcos, camino del hostal, y tengo la certeza de que no me acompaña. Quizá esté allí, esperándome en el hall, para darme la sorpresa.

Atravieso las puertas de cristal con el corazón a punto de estallar, miro a las personas que están sentadas en los sillones de la derecha, a otro grupo que sube la escalera, salgo de nuevo y echo otro vistazo a la explanada, pero no le encuentro. Voy al mostrador y pregunto al recepcionista si han dejado alguna nota para mí.

—No, señora, no hay nada.

Mientras relleno los datos de la reserva, busco el móvil, llamo y me pongo enferma cuando oigo la voz estúpida de siempre: «El servicio de contestador de Telefónica le informa de que no tiene mensajes».

—Su habitación es la 207, señora, espero que sea de su agrado. Feliz estancia.

¡Qué falta de sensibilidad! ¡Qué poca intuición la de este tipo! Estaré aquí quince tristes días. No soy consciente del tiempo, de las próximas semanas, de los meses, del año, de la vida que me queda por delante. Vivo sin pensar. Hago lo que creo que debo hacer y nada más. Lo cierto es que no ha venido. Sigo sin aceptar que no está. No quiero rendirme.

Mi habitación es espaciosa, da a una luminosa galería exterior y tiene una cama inmensa. Mientras busco el mando a distancia para apagar la televisión, miro las llaves y pienso si el número 207 encierra algún mensaje cabalístico. Siempre me sale el siete. Hago toda clase de combinaciones sin sentido. Me asomo al balcón y veo tras los árboles el río Bernesga, donde arrojaban los cadáveres de los republicanos al comienzo de la guerra. No quisiera empezar ya con esta monserga, pero a eso he venido, de modo que no perderé más el tiempo. Marco el número de teléfono de mi tía Olvido.

—Hola, tía, soy Paula. ¿Cómo te encuentras?

—Muy bien, hija, muy bien. ¿Dónde estás?

—En San Marcos, recién llegada.

—¡Qué sorpresa! No te esperaba hasta el fin de semana.

Me asombra que mi tía Olvido conserve una voz juvenil a los ochenta y siete años. Me sorprende su energía, su salud, su fortaleza y, en el fondo, me desazona que sea la única superviviente de mi familia.

—¿Quieres venir a comer mañana?

—No, tía, me apetece comer aquí.

—¿En el hostal?

—Sí, me han dicho que se come muy bien.

—Sí, hija, pero es carísimo.

—No importa, tía. Ya comeremos en tu casa otro día.

Macario, el marido de mi tía, el que iba a buscarnos todos los veranos a la estación, murió hace diecisiete años, y desde entonces, Olvido vive felizmente sola. Al menos, eso dice, que no necesita compañía. Quizá dentro de diecisiete años yo pueda decir lo mismo y sea capaz de vivir sola y tan tranquila como ella.

Encuentro la habitación demasiado rústica. Las paredes enteladas, la colcha rígida, la madera oscura, los cuadros vulgares, el baño antiguo, las lámparas amarillentas, la luz tenue... Nada contribuye a aplacar mis ánimos. Me siento en la butaca de hierro de la terraza a contemplar el paisaje mientras decido qué hacer hasta la hora de dormir. El clima no acompaña a dar un paseo por la ciudad. Sigue diluviando. Tendré que deshacer el equipaje, ordenar los papeles, darme un baño, pensar o simplemente esperar a que se acabe el día.

Intento recordar el número de la habitación que ocupamos Lucas y yo en los días felices. No era ésta, desde luego, pero no lo recuerdo. ¿Y si voy a buscarla? No, mejor no haré esa locura. ¿Y si me tomo una copa en el bar? ¡Qué espanto! Siempre me ha parecido penoso ver a un tipo solo en la barra de un bar con una copa en la mano; peor aún si se trata de una tipa solitaria. ¡Qué pensamientos tan estúpidos! ¿De modo que considero menos triste la soledad de un hombre que la de una mujer? ¿Tanto he cambiado? Sí, debo admitirlo. Hasta me da miedo salir del hotel.

Ni siquiera sé por dónde empezar la conversación con mi tía Olvido. «Me han pedido que escriba una historia sobre la Guerra Civil, o mejor, sobre los desaparecidos». ¡Qué estupidez! ¿Cuántos centenares de libros se han escrito sobre ese mismo tema? Cincuenta mil, trescientos mil... ¿Cuántos kilómetros de estanterías ocupan? Mejor le digo que he venido a buscar la carta del abuelo. ¿Y si me dice que no existe tal carta? ¿Y si no se acuerda de nada? Lo mejor será que deshaga el equipaje, ordene los papeles y me dé un baño con agua caliente. ¿Y después...? Son sólo las seis de la tarde. No me voy a meter en la cama...

3

Lleno la bañera y cuando me voy a desnudar, me apetece salir del hotel, quizá con la esperanza de acortar el tiempo y caer rendida en la cama. Pido un paraguas en recepción y atravieso la explanada, voy paseando por la orilla del río hasta la glorieta de Guzmán el Bueno y atravieso la calle de Ordoño II, las plazas de Santo Domingo y de San Marcelo y la calle Ancha. Sin saber cómo, llego a la catedral, aterida de frío, con los pies empapados y una humedad que me cala hasta los huesos. Todavía no han encendido las luces interiores que iluminan las vidrieras. Hay viejos sentados en los bancos del exterior, como en las fotos amarillentas de mi tío Macario. Seres que parecen haber muerto centenares de veces y regresan para sentarse en el mismo lugar. Les resulta indiferente mi presencia. Son fantasmas que coinciden conmigo en este momento. Todos están muertos menos yo. La única que sobrevive a lo largo de los siglos es la catedral que nos contempla. La misma que vio a mi abuelo Román antes de que le fusilaran a poca distancia de aquí.

Ya ha anochecido. Franqueo la puerta y me atemorizan las sombras oscilantes del templo, alumbrado tan sólo con la luz trémula de las velas. De pronto, todo se ilumina como el estallido de una antorcha. En esa orgía de luz, elevo los ojos hacia los rosetones góticos de las vidrieras, que parecen gigantescos soles. Siento una especie de armonía cósmica, el profundo estremecimiento de la eternidad, y hablo con Dios.

—Dios mío, no tengo ganas de morirme, en absoluto, pero carezco de ilusión por la vida —susurro para mí misma—. No me interesa el futuro, malvivo el presente y sólo pienso en cómo recuperar el pasado.

—La vida es sagrada —me responde una voz.

—Me mantiene un único deseo —continúo sin extrañarme—. Quizá me falte fe o humildad, pero te lo pido con insistencia, con fervor, con lágrimas: Dios mío, quiero que vuelva.

—Tu vida también está hecha de momentos de dolor. Tienes que reflexionar sobre tu desesperación. Nadie está fuera de mi alcance —me parece escuchar desde las alturas.

—Supongo que Lucas tampoco. ¡Devuélvemelo!

—Los rezos que contienen peticiones son triviales —me reprocha.

—Te lo suplico —insisto, alzando la voz.

—No creo en las súplicas. Las oraciones sólo deben ser un acto de agradecimiento por la existencia.

Debería responderle que cada religión tiene su propio paraíso y que para mantener mis creencias tengo que interpretar el espíritu a mi manera.

Estoy dispuesta a prolongar el delirante diálogo con quienquiera que sea mi interlocutor hasta que una mano se posa sobre mi hombro y me interrumpe con brusquedad y malos modos.

—Vamos a cerrar el templo.

Va repitiendo la frase de un modo rutinario. Ignoro si el hombrecillo impertinente de la sotana es clérigo, sacerdote, fraile o sólo el portero, pero ni se inmuta al ver mis lágrimas.

—No llores, hija mía, tus súplicas serán atendidas. Vuelve mañana a rezar, pero ahora tienes que marcharte. —Y añade con un desesperante soniquete—: Se pueden seguir contemplando las vidrieras iluminadas desde el exterior.

¡Qué desagradables resultan esta clase de intermediarios con la eternidad! Abandono la catedral indignada y, desde luego, con menos fe de la que creía tener en ese instante de exaltación. Sé que hasta los más descreídos pasan por algún arrebato místico, incluso llegan a levitar, al verse solos en el interior de la imponente mole de piedra y mirar hacia el caleidoscopio de las vidrieras cuando el sol las ilumina. En estos lugares es fácil sentirte flotando en el aire fuera de tu propio cuerpo. Alguien que no recuerdo en este momento me describió con todo detalle las percepciones extracorpóreas que sintió durante un viaje astral en la Alhambra de Granada. Los científicos insisten en que tan sólo se trata de una anomalía cerebral y no de una experiencia mística.

Me contaba mi padre que existen pocos lugares con tanta fuerza magnética como la catedral de León. Tal vez por eso casi siempre hay algún visitante esotérico que se planta en el centro del crucero con un péndulo en la mano para calibrar la energía. Al principio, el péndulo oscila acompasada y lentamente, pero llega a adquirir un movimiento vertiginoso. No he hecho la prueba, pero he visto cómo otros lo hacían. Es cierto. Esta catedral es la más frágil, extraña y bella de cuantas conozco. La más luminosa y armónica. El mejor lugar para meditar. A lo largo de los siglos ha sido destruida y construida multitud de veces y siempre ha estado rodeada de mitos, alegorías y misterios. Según la leyenda, el topo que se encuentra sobre la entrada de San Juan destruía por la noche los cimientos que los canteros levantaban cada día, hasta que, hartos de trabajar inútilmente, pusieron una trampa, consiguieron cazarlo y, como si fuera un trofeo, lo incrustaron en el muro para ejemplo de las generaciones venideras. Hay versiones diversas sobre este y otros misterios, porque cada uno los cuenta a su manera. Ni siquiera los historiadores y los arqueólogos se ponen de acuerdo. Unos dicen que la catedral está asentada sobre las ruinas de unas termas romanas previas a la era cristiana, pero mucho antes fue un lugar sagrado para las culturas dolménicas. Lo cierto es que sus profundos cimientos se construyeron, a partir del siglo XIII, sobre numerosas capas superpuestas de restos humanos. Mi padre, al que siempre le gustaba dar explicaciones convincentes sobre los enigmas, decía que su fuerza telúrica procede de los distintos osarios, y de los enterramientos surgen todas las historias terroríficas que nos contaban de niños para meternos el miedo en el cuerpo.

Ése era, en realidad, el objetivo del poder eclesiástico al construir las voluminosas catedrales, además de acumular tesoros y hacer visible su poder terrenal. Pretendía atemorizar a los pobres seres humanos hasta lograr que se sintieran como hormigas insignificantes y temerosas de la grandeza de Dios. Obligarles a pensar que la eternidad es mejor que una vida de perdición y que cuanto antes se fueran de este valle de lágrimas y abandonasen todos sus bienes terrenales, mejor para sus almas, porque así cometerían menos pecados. Eso es lo que siempre han querido: meternos miedo, como nuestra niñera, Matilde, que se inventaba truculentas historias de espíritus malignos y almas en pena, hasta que un día mi hermano decidió vengarse de ella y le dejó en la cama unos sapos despanzurrados, con las entrañas esparcidas sobre las sábanas. De este modo tan expeditivo y macabro nos deshicimos de la nefasta Matilde.

Me alejo de la catedral apresuradamente, sin contemplar las hermosas vidrieras iluminadas desde el exterior, como un pequeño acto de rebeldía contra el cura inoportuno. Ha dejado de llover, pero se ha levantado un viento huracanado que me golpea de frente y me impide caminar deprisa. Llego destemplada al hotel, subo a la habitación, me quito la ropa húmeda y ni siquiera me lavo los dientes. Me desplomo en la cama, con la mente en blanco y el estómago tan vacío como el alma.

4

Mi tía Olvido vive en la misma casa de siempre. Cuando comenzaban las vacaciones de verano y llegábamos en tren, dejábamos allí el equipaje y hacíamos noche antes de salir hacia Pola de Luna. Está situada en una pequeña avenida con un agradable bulevar adornado de plantas, farolas, bancos y el quiosco de un bar que con la llegada del verano se convierte en una heladería donde venden una rica horchata y unos magníficos granizados de limón. En los años sesenta era un lugar tranquilo y soleado, pero con el tiempo han ido construyendo a ambos lados de la calle altos edificios que no dejan pasar el sol. La terraza de mi tía, situada en un tercer piso, se ha vuelto sombría. Recuerdo que tenía un diminuto jardín con macetas llenas de preciosos geranios blancos y rojos, hortensias y pensamientos que, en primavera y en otoño, daban unas flores aterciopeladas amarillas y moradas con estrías negras.

Cuando llegué al portal de su casa, toqué el timbre del tercero izquierda, pero nadie respondió. Miré el reloj; era mediodía. Esperé unos instantes y volví a llamar insistentemente hasta que escuché una voz a través del telefonillo.

—Ya voy, ya voy... ¡Qué prisas! ¿Quién es?

—Soy Paula, tía —respondí con cierta cautela—. Es que no me oías.

—Te abro, te abro...

Al entrar en el portal me di de bruces con un familiar olor añejo a linóleo y a leña quemada en la caldera. Reconocí el ruido del viejo ascensor, las paredes pintadas de verde manzana y la escalera cubierta de hule barnizado con un dibujo que imita toscamente a la madera.

Escuché sus pasos al otro lado de la puerta y cómo trajinaba con el cerrojo antes de abrirme. Por fin, al cabo de tantos años, la encontré como siempre: sonriente, vestida de colorines, con sus pendientes de esmeraldas, su cadena de oro con medallas de la Virgen y el crucifijo colgado del cuello y unas enormes gafas pasadas de moda. La única diferencia es que estaba reducida de tamaño y tenía el pelo ralo y enlacado.

—¡Hija! —Me abrazó y se separó un poco para observarme—. Pero ¡qué barbaridad! Cada día te pareces más a tu madre.

Era el mejor elogio que podía escuchar. Me sentí henchida de orgullo. Mi tía es incapaz de decir un cumplido. No hay nada que me pueda gustar más en este mundo que parecerme a mi madre. Tengo una fotografía suya en la que está espléndida, apoyada en el alféizar de una ventana, en plena juventud, con un vestido de flores escotado, la cara sostenida por ambas manos, una melena negra y ondulada, los labios perfilados, los ojos rasgados... Era una preciosidad. La comparaban a veces con Ann Blyth, a quien recuerdo bellísima en *El mundo en sus manos,* rodeada por los brazos de Gregory Peck, sujetando el timón de un barco, justo al final de la película, una de las que más veces he visto en mi vida y no sólo porque es de Raoul Walsh o porque me entusiasman las aventuras marítimas de bucaneros y cazadores de focas, sino porque me recuerda a mi madre en la época que me parecía más bella y feliz. Poco antes de que se la llevara el maldito cáncer todavía era una mujer atractiva. No soy como ella, lamentablemente, porque ni tengo su pelo ni sus labios ni su cuerpo ni su ternura y, además, mi nariz es tan grande y extraña como la de mi padre, pero algo habré heredado de mi madre cuando mi tía me lo dice; quizá la voz y la manera de andar.

—Bueno, ¿qué haces ahí plantada como un pasmarote? Pasa, me molesta verte de pie.

—Me gusta la casa —dije, tras dejar la gabardina sobre la butaca de la entrada—. Está igual que siempre.

—Sí, es verdad, más o menos sigue igual que cuando murió tu tío. Era él quien ponía y quitaba cosas. Ya sabes que siempre le daba por ordenarlo todo.

La casa estaba tan limpia y reluciente como en aquellos veranos, cuando mi tía nos obligaba a ponernos gamuzas en los zapatos para encerar el suelo del recibidor y del salón. Los retratos de mis abuelos colgados en las paredes, las fotos de la boda de mis tíos sobre el aparador, otras más modernas de las bodas de sus hijas y, la más reciente, mi tía en un jardín rodeada de sus veintitantos nietos y biznietos, a los cuales muchos ni conozco. Mientras, foto en mano, me iba identificando a cada uno de ellos por sus respectivos nombres —«Éste es Matías, el hijo de Carmen y Laureano... Éste es Luisito, de Mari Paz y Rodrigo; aquí está Andrea, la de Teresita y José Carlos...»—, yo tenía la mente en otros tiempos, cuando la casa estaba llena de gente alegre, las maletas apiladas junto a las camas, con esos colchones donde tuve sueños felices, rodeada de mis padres, mi hermano, mis tíos y mis numerosas primas, todas mujeres, para desgracia de mi tío Macario.

—Toma, tía, te he traído un regalo.

Eran unos guantes marrones de piel vuelta, rematados con una borla de visón.

—No tenías que traer nada...

—Bueno, no es nada, en realidad.

—Anda, siéntate. ¿Quieres tomar un café o te apetece un refresco?

—No, gracias. Sólo quiero un poco de agua.

Abrió el paquete del regalo con poca ilusión.

—Pero ¿cómo se te ocurre? Ya no tengo las manos para estos lujos.

Dejó los guantes sobre una mesa, sin prestarles la menor atención. Era evidente que no había acertado con el regalo.

Se dirigió a la cocina y yo la seguí con curiosidad. Quería comprobar si todavía conservaba la salamandra y el fogón de hierro con las bisagras doradas y el caldero de cobre. En efecto, allí estaban, tan relucientes como entonces, y también los pañitos bordados en el vasar de esquinera, la mermelada de membrillo y los tarros de miel en la despensa, la gran mesa de formica amarilla rodeada de las mismas sillas de madera donde me sentaba de niña a desayunar enormes tazones de leche con nata y miga de pan.

Esta casa ha sido lo único que el tiempo se ha dignado conservar tal y como fue en aquellos momentos de dicha plena. No sabría decir si me complacía o me disgustaba el hecho de que todo permaneciera como entonces, aunque, desde luego, lo que me conmociona es que el paso de los años se deje sentir con tanta arbitrariedad. Mi tía y su casa están intensamente vivas, mientras yo me marchito y mi entorno desaparece.

—Bueno, cuéntame. ¿Qué te trae por aquí? ¿Qué tal está Lucas? ¿Y tu hermano? ¡Qué poca vergüenza tiene! Nunca viene a verme...

Me costaba empezar a hablar. Mientras tanto, mi tía me disparaba una retahíla de preguntas, como si no tuviera interés en saber ninguna de las respuestas.

—Bueno, ya sabes lo ocupado que está mi hermano, pero me ha dado muchos besos para ti y me ha dicho que, en cuanto pueda, vendrá a verte —contesté, al fin, tratando de esquivar el asunto de Lucas.

—¡Qué sinvergüenza! Se ha olvidado de su tía, parece mentira. Bueno, ¿y tu marido? ¿Sigue con el negocio de los cuadros?

—Verás tía, estoy sola. Lucas se fue...

—Pero ¿qué me dices? ¿Os habéis separado?

—No exactamente...

—¿Entonces? ¿Se ha ido de viaje?

—No lo sé...

—¿Cómo que no lo sabes?

—Pues que no lo sé.

—¿Qué quieres decir?

—Que no sé dónde está. Se fue, sin más.

—¿Que se ha largado sin decirte nada? No puede ser, pero si era un buen hombre... ¿Cuándo se marchó?

—Dentro de poco hará cinco meses.

—¿Y has preguntado a los amigos, a la familia..., en los hospitales, a la policía...?

—A todo el mundo y en todos los lugares posibles.

—Pero ¿no te dijo nada cuando se fue?

—No, sólo que tenía que hacer un viaje a Panamá, un poco más largo de lo habitual y que me llamaría. Salió de casa con una maleta de mano y desapareció.

No es una mentira, fue lo que pensé cuando le vi preparando el escaso equipaje. Iba mucho a Panamá, aunque nunca me explicó con precisión el motivo de sus viajes a Centroamérica.

—Se fue, eso es todo... Así es la vida, tía, no creas que no quiero contártelo, es que yo estoy tan desconcertada como tú...

La dificultad de explicarle mi situación aumentaba por momentos. Me era imposible entrar en detalles y mucho menos hablarle de la carta de Lucas, pero tampoco podía esquivar las preguntas.

—¿Te ha dejado por otra? —concluyó.

—No, en absoluto, no creo que se haya ido con otra.

—¡Ay, Paula, qué tonta eres! ¿Por qué va a ser? ¿Por qué se va a ir si no hay otra por medio? Los hombres son así... Llegan a una edad y se ponen idiotas y se dejan engañar por la primera que les hace una carantoña. La novedad, hija, la novedad... Seguro que es una jovencita aprovechada...

—No, tía, no es probable...

—¡A mí me lo vas a contar...! A estas alturas de la vida, una ya ha visto mucho y no es el primer caso. Mira Tomás... ¿Te acuerdas de Tomás?

—¿El hijo de Avelina? Sí, sí me acuerdo.

Al padre de Tomás le descerrajaron un tiro en la mandíbula porque trató de detener a unos delincuentes con los que había coincidido en un bar. Con Tomás estaba yo jugando en las fiestas de Armunia el día que murió Marilyn. Éramos muy pequeños, pero me acuerdo perfectamente. Buena gente. Fuimos muy amigos...

—Pues cumplió los cincuenta y dejó plantada a su mujer. Y si te he visto, no me acuerdo. Ahí la dejó, con nietos y todo. Le encandiló una chica de treinta, una veterinaria que vino a dar clases a la facultad. Y se lo llevó... Así son las cosas, hija, hay que hacerse a la idea.

—Es que no creo que a Lucas le haya encandilado nadie...

—Eso te crees tú, a Lucas y a San Justo Bendito si se lo proponen..., que los hombres son así, Paula, que se les va la cabeza y la última que se entera es una misma...

No sé cómo tuve fuerzas para soportar la conversación sin desmoronarme. Había desechado desde el principio una razón tan simple como aquélla y me molestaba profundamente que mi tía lo viera tan claro.

—¿Sabes lo que tienes que hacer? —dijo con absoluta resolución—. Buscarte otro. Eres guapa todavía. Seguro que lo encuentras. Hay mucho divorciado por ahí con ganas de encontrar una buena persona. O un viudo joven... Además, una mujer como tú..., menudo partido.

—No, tía, déjalo ya... No quiero seguir hablando de Lucas. En realidad, verás, he venido para que me cuentes lo que le pasó al abuelo Román...

—¿Qué le pasó? ¿A qué te refieres?

—Quiero saber algo del fusilamiento y de cuando estuvo preso en San Marcos, y de la guerra...

—No me digas que también tú vienes a desenterrar cadáveres. Mira, hija, es mejor que los restos se queden como están. Dejemos los huesos en paz. Y eso que era mi padre... Pero a mí no me gusta remover el pasado. Que dejen descansar a los muertos.

Algo me impedía darle la razón, pero lo cierto es que me repugnaban tanto como a ella las terribles imágenes de las fosas comunes y los esqueletos que habían aparecido con tanta frecuencia durante los últimos meses. No quería reabrir heridas del pasado, ni tenía deseos de revancha. Mi única pretensión era seguir las instrucciones de Lucas, hacer un homenaje póstumo a mi madre y, sobre todo, profundizar un poco más en la pequeña historia de mi familia. Nadie más contrario que yo al ajuste de cuentas o al revisionismo histórico. Conozco historias personales truculentas al margen de sectarismos o credos políticos.

—No pretendo desenterrar nada, sólo quiero saber algunos detalles de la historia de mi abuelo y...

—¿A estas alturas? ¿Para qué quieres saberlo?

—No sabría decirte exactamente los motivos... Simple curiosidad por conocer detalles de la familia.

—Mira, el otro día me contaron que en el pueblo han puesto una estatua, un monumento o lo que sea, en medio de la plaza de la iglesia, con el nombre de todos los que mataron allí los fascistas. A la inauguración fueron muchas autoridades y esos de la memoria histórica, entre otros, mi ex yerno. Y precisamente me dijo tu prima, que se iba a verlo, que si quería ir con ella y le dije que no. No me quedan ganas. Rotundamente, no. Me niego a remover el pasado. Tengamos la fiesta en paz.

—Te aseguro que no tengo el menor afán de escarbar en la historia, pero me gustaría, al menos, ver su testamento —insistí con gran esfuerzo.

—¿Qué testamento? Pobre mío... ¡Qué nos iba dejar en un testamento...! Pero si nos lo quitaron todo. Lo que tienes que mirar es por la otra parte; que tu padre sí que os habría tenido que haber dejado una buena herencia si no hubiera sido por las trampas que le hicieron... Ahí sí puedes encontrar una fortuna, por la parte de tus abuelos paternos...

—No vengo a buscar dinero. De todos modos, antes de que sigamos hablando, se está haciendo tarde. He reservado mesa a las dos. ¿Vamos andando o prefieres ir en taxi?

—¿En taxi? Aquí no se cogen taxis, está todo muy cerca. En cinco o diez minutos estamos en San Marcos. Espera que me ponga los zapatos y el abrigo.

Se fue al final del pasillo, probablemente a su habitación, y no me atreví a seguirla. Le pregunté en voz alta:

—¿Caminas mucho?

—Sí, hija, gracias a Dios todavía no me fallan las piernas. Me doy unos buenos paseos todos los días aunque caigan chuzos de punta —me respondió a gritos.

¿Qué sentido tenía aquel viaje si se negaba a hablarme de su padre? Mi tía había sido siempre muy tozuda, no iba a resultar fácil convencerla. Si hiciéramos un recorrido por determinados lugares, como la casa familiar o la pastelería donde iban a la salida del colegio..., quizá se animaría a hablar.

—Ya estoy, vamos... Espera, que no sé dónde he dejado las llaves... Esta cabeza mía...

5

Entramos en el hotel, subimos a paso de tortuga la escalinata y, por fin, nos sentamos en una de las mesas del restaurante. Observé en mi tía Olvido una actitud muy extraña. Desde que habíamos pisado la explanada de San Marcos, se comportaba de un modo retraído y asustadizo, mirando a derecha e izquierda sin apenas fijar la vista, como si quisiera ver y no ver al mismo tiempo, como tratando de evitar que alguien la viera. Fue un error empezar el itinerario precisamente en San Marcos, así que decidí dejar la conversación sobre mi abuelo para otro día. Quizá en otro sitio se sintiera mejor. Me di cuenta, además, de que los platos de la carta eran demasiado contundentes para una anciana, porque mi tía es una anciana de ochenta y siete años, aunque a ella le moleste que le llame de ese modo. Así que San Marcos, en aquel momento, me pareció un desacierto en todos los sentidos.

—¿Tienen algo menos contundente que la caza, el cordero o las fabes con almejas? —le pregunté al camarero.

—Dígame qué le apetece a la señora. Fuera de carta tenemos...

Antes de que me diera tiempo a preguntar, mi tía se dirigió al camarero.

—Pues mire, yo voy a tomar una paletilla, que hace mucho que no la pruebo y, antes, unas verduritas. Seguro que estarán muy buenas.

—Sí, señora, desde luego, es una elección muy acertada —le respondió—. Y usted, ¿ha pensado lo que le apetece o quiere que le sugiera algún plato?

—Yo quiero también las verduras y después rape a la plancha.

—¿Desean algún vino en especial las señoras?

—Un Rioja de la casa —respondió mi tía sin darme otra opción.

Realmente, no salía de mi asombro al ver a una anciana que pensaba, caminaba, comía y bebía con la capacidad, el entusiasmo y la decisión de una joven treintañera.

—Tienes muy buen apetito, tía Olvido. Te veo muy sana.

—Pues sí, hija mía. No entiendo cómo me encuentro tan bien con la cantidad de años que tengo. Ya ves... He acaparado para mí sola los mejores genes de toda la familia.

No pude resistir la tentación de hilvanar la edad con los recuerdos.

—Sí, porque en esta familia todos se mueren jóvenes...

—Unos se mueren y a otros los matan con cincuenta y siete años, como a tu abuelo. —Hizo una breve pausa—. Y mi madre murió a la misma edad, porque se llevaban dos años y falleció dos años después que él. Claro, que tampoco se puede decir que fuera de muerte natural. Y luego tu madre, que también murió muy joven, y tu tío Macario... Todos menos el tío Fabricio, que murió meses antes que Franco, aunque era mayor que él... Por eso digo que yo soy la que estoy viviendo más tiempo y, sobre todo, la más sana de toda la familia. ¿Te puedes creer que no me han operado de nada jamás? No he pasado por un quirófano ni por un hospital... Sólo las jaquecas, que ésa es una herencia familiar. A todas las mujeres de la familia nos duele la cabeza...

—¿De qué murió realmente la abuela?

—De pena, de dolor y de rabia. Se puso enferma de creer que todas las noches fusilaban a su marido. Para ella fue como si le hubieran matado cien veces, porque cada mañana se plantaba en esta puerta que acabamos de franquear, que no tenía estos cristales tan elegantes, sino que había unos individuos que te apuntaban con los fusiles si te acercabas a ellos... Bueno, el caso es que todos los días pasaba el mal trago de preguntarles si ya habían fusilado a su marido. Y ellos le decían: «No seas pesada, mujer, ya te enterarás...». Otras veces le gastaban bromas macabras.

Era el mismo relato que tiempo atrás había escuchado a mi madre. Sólo añadió una tétrica anécdota. En cierta ocasión, los tipos que custodiaban la entrada dijeron a mi abuela que ya habían fusilado a su marido y que habían arrojado el cadáver allí mismo, debajo del puente de San Marcos. Mi abuela corrió como loca a recogerlo a la orilla del río, donde le dijeron, y en aquel mismo lugar encontró tres cadáveres, pero ninguno era el de su marido. Estuvo todo el día escarbando en la tierra y buscando en el agua para ver si había algún rastro del cuerpo, una prenda o cualquier indicio que le sirviera para identificarlo. Muy entrada la noche regresó a casa con la cabeza perdida y tuvo que acostarse a oscuras y en silencio para soportar el dolor. A la mañana siguiente fue a preguntar otra vez dónde habían enterrado a su marido y aquellos tipos, retorciéndose de risa, dijeron que le habían gastado una broma, que Román todavía estaba vivo.

—De eso se puso enferma —corroboró mi tía Olvido—, porque mi madre estaba fuerte y sana hasta que aquellos canallas se llevaron a su marido. De la noche a la mañana se le puso el pelo blanco, empezó a decaer, a menguar, a debilitarse, y ya no se recuperó jamás. En cuestión de días pasó de ser una mujer fuerte y robusta a una viejecita consumida.

Di gracias al cielo al ver que mi tía participaba en la conversación de manera espontánea, sin necesidad de que la sometiera a un interrogatorio. Sólo entonces me atreví a seguir preguntando.

—¿Y vienes mucho por aquí?

—¿Por San Marcos? —repitió con asombro—. Jamás había entrado. Es la primera vez que piso este lugar desde que empezó la guerra. Bueno, la verdad, entonces tampoco entré. Tu madre y yo nos quedábamos ahí fuera, en el crucero, para ver a tu abuelo los días que los sacaban a barrer. Lo hacían para humillarles, porque ya me dirás, ¿qué iban a barrer en un sitio donde sopla tanto el viento? Si está siempre relimpio, que el viento se lo lleva todo.

—¿Hablasteis alguna vez con él?

—No nos dejaban acercarnos. Creo que él no llegó nunca a vernos, porque éramos muchas mujeres las que nos juntábamos en la explanada, pero a lo lejos, para que no nos echasen los soldados. A los presos no les dejaban levantar la vista del suelo; si alguno dejaba de barrer o se distraía, le pegaban un culatazo con el fusil.

—¿Nunca pudisteis visitarle?

—Nunca. Ni siquiera cuando supimos que le habían condenado a muerte. Los condenados a muerte tenían derecho a visita. Mi padre logró dar una carta a otro preso que quedó en libertad y el hombre se portó bien y nos la trajo.

—Ah, la carta... ¿Dónde está? ¿Iba dirigida a mi padre? —le pregunté.

—No, ésa era otra. La de tu padre la escribió la noche antes de que le fusilaran, cuando fue consciente de que iba a morir.

—¿Las tienes tú?

—Tu madre las tuvo durante mucho tiempo. Ya sabes cómo era... Lo tenía todo guardado y estaba siempre dándole vueltas a las cosas. Yo, sin embargo, procuro olvidar lo malo y quedarme sólo con lo bueno... Mira que éramos distintas las dos hermanas... Las cartas, al final, me las dio tu padre para que las guardara yo.

—Quiero saber dónde están esas cartas —le interrumpí con ansiedad—, me gustaría tenerlas.

—No sé muy bien dónde andarán... Hace ya un tiempo vino mi yerno Rodrigo, bueno, el ex marido de mi hija Mari Paz. ¿Te he dicho que se divorciaron?

—No lo sabía —respondí indiferente.

—Pues este Rodrigo, que es un negociante y un politiquero, está metido en todo eso de la memoria histórica. Por eso me sentó mal que tú también vinieras a desenterrar cadáveres, porque no me gusta nada que éstos lo pongan ahora todo del revés... Ya me dirás qué le importa a éste la memoria de tu abuelo, si su familia es de derechas y su padre, gracias a Franco, se forró a base de bien. Y ahora su hijo dice que es de izquierdas de toda la vida...

—¿Se quedó con las cartas?

—Con las cartas y con todos los papeles que tenía de tu abuelo. Por lo visto, van a hacer otro monumento con el nombre de los que fusilaron en Puente Castro...

Pocos días después me leyeron el texto de la placa: «En el polígono de tiro de Puente Castro fueron fusiladas todas las autoridades republicanas de la región: el gobernador civil, Emilio Francés Ortiz; el presidente de la Diputación, Ramiro Armesto; el alcalde de León, Miguel Castaño; el presidente del Frente Popular, Félix Sampedro, etcétera. También fueron ejecutados de esta forma los alcaldes de Cármenes, Ponferrada, Astorga, Montejos, Sahagún, Valderas y los cuatro que tuvo Vegacervera en la zona republicana».

Me temo que, entre tanta autoridad, no quedará hueco, por muy grande que sea la placa, para poner el nombre de mi abuelo.

—Ahora todos vienen a lo mismo —dice mi tía—, parece que se ha puesto de moda...

—¿Y tú le diste todo?

—Sí, se lo llevó todo, pero me prometió que me lo devolvería.

—¿Cuándo?

—No lo sé. La verdad es que ni se lo pregunté.

—Tengo que hablar con él. Quiero leer esas cartas lo antes posible. ¿Puedes darme su teléfono o decir que voy a ir a verle?

—¿Para qué lo quieres? ¿Qué vas a hacer tú con todo eso?

—Escribir un libro sobre los desaparecidos.

—¿Otro más? Pero si últimamente se han escrito un montón. Si están todo el día escarbando la tierra para encontrar las fosas y los huesos.

—Sí, tía, voy a escribir otro libro más.

Dio buena cuenta de la comida, del postre y del café, la llevé a su casa y le pedí que me pusiera en contacto con Rodrigo. No hubo manera de encontrarle aquella tarde. Nadie respondía en su número de teléfono.

No quise abrumarla con más preguntas, porque me di cuenta de que estaba agotada de contar tantas historias. Cuando empezó a anochecer, regresé al hotel para intentar ordenar los deshilvanados recuerdos de mi tía Olvido. Pero cuando abrí la puerta y encendí las luces de la habitación, sentí que una chispa me iluminaba el cerebro y empecé a darle vueltas a la espontaneidad con la que ella había resuelto la desaparición de Lucas.

¿Y si no existía tal desaparición? Quiero decir... ¿Y si su ausencia, en realidad, obedecía a causas vulgares y no tan sublimes o misteriosas como me había hecho creer o yo misma me había inventado? Quiero saber la verdad, por terrible que sea, por más cruel que resulte..., aunque me destruya. Es peor vivir atormentada por las dudas. Ni se me había ocurrido pensar que el caso de

Lucas fuera como el de Tomás, el hijo de Avelina, que cumplió los cincuenta y dejó plantada a su mujer por una joven profesora de veterinaria.

A estas alturas empiezo a darme cuenta de que, a pesar de haber vivido juntos durante tantos años, no conozco a Lucas tanto como él a mí. Quizá tenga otras vidas que me oculta. ¿De dónde sacaba el dinero? ¿Por qué de pronto me hacía regalos fastuosos? Recuerdo las alfombras turcas, las sillas de Philippe Starck, el anillo de brillantes y esmeraldas, la casa donde vivíamos de alquiler... Un buen día llegó y, sin venir a cuento, me dijo: «Esta casa es tuya, te la acabo de comprar». Y me dio las escrituras para que las guardara. Lo mismo hizo con la casa de la playa. Yo se lo agradecía mucho; claro que se lo agradecía. Me encantaban sus sorprendentes regalos, pero nunca sabía de dónde sacaba el dinero. Unas veces nadábamos en la abundancia y otras, sin embargo, nos quedábamos a dos velas. Yo era la que mantenía el ritmo sistemático de la casa para que no faltase nada de lo cotidiano. Supongo que el dinero salía de las comisiones de las ventas de los cuadros, porque de las exposiciones de la galería le quedaban pocos beneficios y, además, con eso había que alimentar a un montón de gente. Lo cierto es que nunca le preguntaba detalles sobre sus finanzas, entre otras razones, porque nunca me respondía con claridad.

Jamás di importancia a esta cuestión, pero, del mismo modo que me ocultaba sus asuntos de dinero, me podía haber engañado sobre otras muchas cosas: sus relaciones con determinada gente o sus viajes. A veces me dejaba con la boca abierta. Me enteré casualmente de que había estado en Panamá, en isla Margarita y en Chiloé, por poner un ejemplo de tres lugares a los que había ido solo o con personas desconocidas para mí. Ahora me doy cuenta de lo poco que le gustaba hablar de sus viajes. La mayoría de las veces no me explicaba dónde iba, y si mencionaba algún lugar sorprendente para mí, lo justificaba diciendo que había ido a hacer unas fotos de encargo, que eran viajes de trabajo y que no había tenido ocasión de comentármelo. Confiaba en él ciegamente y jamás se me ocurrió insistirle en determinados temas o advertir que se contradecía en cuestiones que ahora se me vienen de golpe a la cabeza.

Quizá tenga razón mi tía Olvido y todo sea una farsa. Es posible que haya huido con un antiguo amor y, para no hacerme daño, pretenda rodear el engaño de un halo de misterio y espiritualidad.

La duda aumentó hasta tal punto que empecé a llenarme de resentimiento. ¿Por qué tenía que sublimarlo todo? ¿Por qué no dudaba de él cuando me consta que, al principio, me había engañado varias veces? Es probable que lo siguiera haciendo al cabo de los años.

Una vez encontré en su mesa un cuaderno de gran tamaño donde había escrito un relato en el que describía la placidez de un hotel cercano al que acudía cada mañana el protagonista para encontrarse clandestinamente con una mujer. Hasta me imagino quién podría ser su amante: una tal Rory de la que estuvo muy enamorado. Lo sé porque aún le seguía gustando ese tipo de belleza morena, por cierto, opuesta a mí, la clásica andaluza de nariz aguileña, ojos grandes y sonrisa amplia; de esas que presumen de dientes blancos y bien enfilados. Es posible que se hayan vuelto a encontrar al cabo del tiempo y sigan enamorados. Ella será joven todavía; tendrá en torno a los cuarenta. Quizá esté soltera o divorciada; tal vez se haya quedado viuda recientemente. ¿Por qué no? Es probable que no tenga hijos. Ahora empiezo a darme cuenta de que se ha ido con Rory.

¿Por qué habré permanecido ciega y ofuscada durante tanto tiempo? Estaba segura de que era un santo y, mira por dónde, ha caído en la vulgaridad más absoluta de ocultarme una amante. ¡Imbécil de mí! Pensaba que su huida era un ejercicio de desprendimiento, un acto de amor profundo lleno de espiritualidad. ¡Cuánto he sufrido inútilmente! Lo malo es que sigo sufriendo, aunque sean bien distintos los motivos. Estoy empezando a odiarle. Se me oscurece el alma y se desvanece toda sensación de eternidad.

Aprieto el botón del mando a distancia para ver las noticias. Hace tiempo que he perdido el interés por los acontecimientos de este mundo. El informativo comienza con una noticia del *Washington Post*. Al parecer, existen centros clandestinos de tortura donde la CIA lleva a los presos más incómodos. ¿Dónde están? ¿Es posible que los paseen impunemente por el mundo; que traspasen fronteras, que sobrevuelen nuestro territorio, que aterricen en nuestros aeropuertos y no nos enteremos?

Cada dieciocho segundos muere una mujer, víctima de los malos tratos. ¿Qué nos está pasando? Hay que repartir un manual de instrucciones para huir de un maltratador.

El pasado fin de semana ha sido especialmente trágico en cuanto a accidentes de circulación. A estas alturas del año ya se han producido más muertes que el año anterior. Las estadísticas señalan que la mayoría de los accidentes se deben a imprudencia de los conductores: exceso de velocidad, falta de atención, sueño y alcohol.

Según los sondeos, la mayoría de los iraquíes opinan que viven peor todavía que con la dictadura, pero tienen la esperanza de que la situación mejore cuando elijan un nuevo Gobierno capaz de acabar con la insurgencia y lograr la retirada de su territorio de las tropas occidentales. Mientras se escucha la voz en *off* del presentador, entre diversas imágenes de las víctimas de los atentados en las calles de Bagdad, aparece, de nuevo, un primer plano deplorable de Sadam Hussein con cara de loco, la barba blanca larga y desaliñada, despeinado, sucio, humillado y abatido.

Hace unos meses, Lucas y yo contemplábamos absortos la secuencia del derribo de la estatua gigantesca del dictador con el brazo en alto. Aquel grupo de iraquíes que anudaron la soga al cuello y tiraban de ella con grandes esfuerzos nos recordaron la caída de Mussolini, cuando los italianos colgaron su cadáver junto al de su amante, Clara Petacci, ambos cabeza abajo, en lo alto de una columna metálica de una gasolinera, mientras el pueblo desfilaba ante ellos para insultarlos y escupirlos. Espectáculos tristes, macabros y grotescos. También comentamos una escena mucho más trivial. En la lujosa mesa de uno de los palacios de Sadam Hussein confiscados por las tropas norteamericanas, un marine había dejado un grafitti propio de un pupitre escolar: «*USA was here*».

Precisamente en esos días, Charly estaba en Washington y nos envió un reportaje sobre casos estremecedores de estrés postraumático que, ya entonces, afectaba a medio millón de familiares de víctimas del atentado de las Torres Gemelas, pero también a muchos excombatientes que habían contemplado cadáveres devorados por insectos. El corresponsal que escribía el artículo contaba que un militar británico, tras la guerra de Kuwait, le había pedido prestado el teléfono para llamar a su familia en Inglaterra y sólo pudo decir: «He visto cosas horribles». Se quedó mudo, sufrió un colapso nervioso y se desvaneció.

No era la primera vez que Lucas y yo nos manifestábamos juntos contra la maldita guerra. Pensábamos que semejante brutalidad jamás merecía la pena. Seguíamos con tanto interés la actualidad que ahora se me antoja extraño y doloroso comprobar mi indiferencia frente a los acontecimientos históricos. Cuánto habríamos comentado estas imágenes que observo sin que se me altere el ánimo. Ni siquiera me afectan los rostros de los niños heridos, ni los atentados, ni los terroristas suicidas, ni la guerra infame... Nada me interesa sin él a pesar de la repentina decepción que he sufrido esta tarde y del odio que aumenta, crece, se apodera de mí y se vuelve cada vez más profundo.

CAPÍTULO CUATRO

Mentiras de guerra

Cuando aparecen coincidencias enigmáticas, caemos en la tentación de buscar explicaciones mágicas. Por eso Marguerite Yourcenar obliga al emperador Adriano a volverse hacia el parloteo fortuito de las aves o hacia el lejano contrapeso de los astros, porque ni el sentido común ni los filósofos saben descifrar los misterios ocultos. ¿O acaso no da que pensar el hecho de que sean siete los *chakras* de la tradición hindú, los canales por los que transita la energía? El yoga nos ayuda a limpiar los *chakras* a través de técnicas sencillas, con ejercicios que requieren lentitud y paciencia infinita, las mismas cualidades que se necesitan para descubrir las mentiras que se retuercen en la mente de un hombre ofuscado, como la energía *kundalini* se enrosca en una espiral alrededor del hueso sacro.

1

Por fin localicé a Rodrigo. Aunque estábamos emparentados de algún modo —su ex mujer es mi prima hermana y, por tanto, sus hijos sobrinos segundos—, ni siquiera le recordaba físicamente. Nada extraño teniendo en cuenta la escasa relación que mantengo con lo que me queda de familia. Y no es por falta de afecto, al contrario, es porque me deprime el salto en el vacío que supone ver a personas adultas como perfectos desconocidos, que, sin embargo, fueron tan cercanas durante mi infancia y el tiempo más dichoso de mi adolescencia. Les considero —admito que injustamente— testigos indiscretos de mis desdichas, porque las únicas noticias que se cuentan entre familiares casi olvidados y, desde luego, alejados geográficamente, son las desgracias y padecimientos de una vida: divorcios, disputas, enfermedades, quiebras económicas, accidentes y muertes. De vez en cuando alguien comunica un hecho luctuoso: «¿Sabes quién murió? ¡Fulanito...! Sí, mujer, ¿cómo no te acuerdas? El marido de tu tía Conchita... Pues el pobre tuvo una muerte horrible...». Y lo único que se te ocurre decir frente a la noticia de su fallecimiento es: «Vaya por Dios, cuánto lo siento».

Lo que menos me gustaría es que Rodrigo se enterase de mi reciente mala suerte. Por nada del mundo querría entretenerme con él más de lo debido.

El negociante, como le llamó desdeñosamente mi tía Olvido, es un anticuario que regenta una tienda detrás del Palacio de los Guzmanes, hacia donde encaminé mis pasos para recuperar los documentos que tanto me interesan. Después de oír su voz por teléfono, esperaba encontrarme a un hombre presuntuoso, charlatán y poco dispuesto a hacer favores, de modo que llevaba preparado un discurso contundente. Mi objetivo era muy preciso: salir de aquel encuentro esa misma tarde con las cartas en mi poder. Mi primer error fue imaginar que tenía una pequeña tienda de recuerdos como las de los soportales de la plaza de la catedral. La idea que tenía de su comercio no era, en absoluto, despectiva, pero estaba condicionada por la breve descripción que mi tía había hecho del personaje: trepa, politiquero y próspero negociante. Debo precisar que las tiendas de recuerdos a las que me refiero pertenecen a familias adineradas desde hace varias generaciones.

La primera sorpresa fue descubrir que la tienda de antigüedades de Rodrigo era elegante y distinguida, nada que ver con una quincallería o un negocio de *souvenirs*. Me fijé en una primera vitrina que guardaba delicadas miniaturas de marfil y unas primorosas copas de cristal de color ámbar. Detrás del mueble salió una empleada morena, flaca, atractiva, que me preguntó, con leve acento inglés, en qué podía ayudarme. No me dio tiempo a responderle, porque tras ella apareció Rodrigo. Descendió de una escalera de caracol que conducía a un piso superior. Mi segunda sorpresa fue comprobar que no era un tipo presuntuoso y charlatán, sino un viejo simpático y amable o, para ser más precisa, un sexagenario con el pelo blanco, el esqueleto ancho, la cara morena surcada de arrugas profundas y unas manos enormes dispuestas a estrechar las mías.

—He reconocido tu voz enseguida, querida Paula.

—Me sorprende —respondí distante, alargando mucho la mano—. Nos conocemos tan poco.

—Por Dios, Paula, en la familia se habla mucho de ti... Bueno, y fuera de la familia también.

—Gracias por recibirme.

—Estoy encantado de verte... —dijo, pasando por alto mi impertinencia—. Estás igual de bien que en las fotos.

—¿En qué fotos? —insistí, sin rebajar mi altanería.

—Pues, mira, concretamente tengo arriba una entrevista que te hicieron hace poco, con motivo de una charla que diste en el Club Jovellanos de Gijón, y aparecen varias fotos tuyas en las que estás guapísima.

—¡Ah, sí! —le interrumpí, cambiando mi aspereza por un tono más delicado—. Ya sé a cuáles te refieres. Eres muy amable...

¿Quién por modesto que sea no tiene necesidad de aplauso? Somos fatuos y vanidosos. Nos gusta que nos regalen los oídos.

—Bueno, aquí me tienes, a tu disposición. ¿Quieres que hablemos en la tienda o vamos a algún sitio a tomar una copa?

—Prefiero que nos quedemos aquí. En realidad, sólo he venido a verte porque mi tía Olvido me ha dicho que perteneces a la Asociación para la Defensa de la Memoria Histórica y que le pediste los documentos de mi abuelo, no sé exactamente para qué...

—No, no... Mi suegra está equivocada, quiero decir, tu tía Olvido. Ya ves, tantos años ha sido mi suegra que me tengo que esforzar para llamarla de otro modo. No estoy en esa asociación, sino en una comisión de expertos que ha nombrado el Gobierno para completar el Archivo de la Guerra Civil. Todavía quedan algunos papeles en paradero desconocido, que no hemos perdido la esperanza de recuperar.

—¿Y qué pensáis hacer con ellos?

—Devolveremos a cada archivo lo que le pertenece. Lo fundamental se quedará en Salamanca. Se hará una ampliación para que los historiadores puedan consultar todos los documentos que logremos reunir sobre la Guerra Civil.

—¿Para eso querías las cartas de mi abuelo?

—Sí, en efecto. Tu tía me las ha cedido, junto a varios documentos más, para incluirlas en el archivo.

—¡Ah, no...! Eso no puede ser. Esas cartas son mías y las quiero.

—Te aseguro que la documentación pertenece a tu tía, pero no te preocupes, trataremos este asunto con más calma.

—Mira, no tengo mucho tiempo. Esas cartas también pertenecen a mi madre y, por lo tanto, a sus hijos. Te ruego que me las devuelvas, son muy importantes para mí.

—En cualquier caso, no las tengo aquí. Te las llevaré mañana donde tú me digas.

—Estoy en San Marcos. Te espero por la tarde, a partir de las siete y media o las ocho. Ahora tengo que irme, gracias por todo. Hasta mañana.

Le estreché la mano, salí precipitadamente de la tienda y fui caminando hasta el hotel.

2

Lo primero que hago al entrar en la habitación es encender el ordenador. Consulto el correo electrónico y me encuentro, entre mucha basura, cuatro mensajes sucesivos de Francesca.

En el primero se limita a preguntar: «¡Hola! ¿Estás ahí? ¿Qué haces?», frases que acompaña con una traducción muy personal de un poema de Emily Dickinson:

Toda persona a la que perdemos
se lleva una parte de nosotros;
sigue existiendo un fragmento,
que, al igual que la luna,
es invocado las noches turbulentas
por las mareas.

En el segundo me envía una de esas historias de internautas y unos paisajes de ensueño que circulan incesantemente por la red junto a una súplica: «¡Te lo ruego, no te desanimes!».

La historia trata de un hombre que se encuentra con otro corriendo por la playa, que estaba recogiendo uno a uno los peces pequeños que intentaban respirar en la arena, hasta donde les había arrastrado la marea, para devolverlos al mar. El hombre se le acerca y le dice: «Lo que está haciendo es una pérdida de tiempo. No va a cambiar nada». El hombre coge un pez, lo echa al agua y responde: «Sí, para éste sí cambiará».

El tercer mensaje es menos poético, pero más insistente: «Hace días que no sé nada de ti. Te echo de menos. Por favor, da señales de vida».

El cuarto es perentorio: «No seas cobarde, no huyas de mí. Haz lo que te dé la gana, pero respóndeme. No entres en detalles si no quieres. Sólo pretendo saber dónde y cómo te encuentras. Detesto que te entregues a la desgracia y te regodees en la fatalidad. Haz un esfuerzo y contéstame».

Envidio a mi amiga Francesca. Es una catalana felizmente casada con un donostiarra orgulloso de sus treinta y siete apellidos vascos. Los dos son médicos, viven en Vitoria y tienen un hijo adolescente que ha heredado su talento. Con la disculpa de los congresos suelen montarse un par de viajes de lujo cada semestre. Son tipos sanos, con ganas de vivir, que se esfuerzan por estar al corriente de las últimas modas pictóricas, literarias y musicales. Lo mejor de quienes viven en una ciudad pequeña y próspera es que lo tienen todo al alcance de la mano. No hay nada como ser amigo del alcalde, del fontanero, del farmacéutico, del representante de un laboratorio, del que organiza los conciertos de jazz, del encargado del concesionario de automóviles, del director del mejor hotel de la ciudad, del de la galería de arte. Esto compensa todo: tener los medios a tu alcance para resolver los problemas cotidianos, disponer del tiempo y de la voluntad de los demás para hacer lo que te venga en gana.

Hemos compartido con Imanol y Francesca excelentes momentos de nuestra vida. Cuando digo hemos, está claro que me refiero a Lucas, pero desde que él no está, Francesca se pone en contacto conmigo casi todos los días. Prefiere el correo electrónico al teléfono. Los dos adoraban a Lucas, quiero decir, le adoran. Por eso viven su huida con el mismo desasosiego que yo.

Los últimos días no he respondido a los mensajes de mi amiga Francesca —más que una amiga, en realidad es una bendición— y ella me lo tolera, porque sabe que no estoy para conversaciones y que prefiero eludir sus consejos. Francesca se quedó huérfana de madre a los tres años y se ha criado con familiares poco afectuosos. Y aunque es una mujer dura, curtida y resistente, también es cercana, optimista y de una alegría contagiosa. Al principio toleraba mi actitud abatida y melancólica, pero últimamente me exige que esté más animosa y, como me es imposible realizar el esfuerzo, huyo de ella. Lo sabe y por eso insiste. Y ante su insistencia, no me resisto.

Ha llegado el momento de compartir con Francesca mis sospechas.

Hola preciosa,

Si mi madre viviera todavía, habría cumplido noventa años, pero ya casi la única persona que me queda viva eres tú. (Sé que no empiezo bien, que te repatea este comienzo). Estoy en León, he venido a ver a mi tía Olvido. Quiero que me cuente algunas cosas para el libro de los desaparecidos. ¡Imagínate qué viaje tan peliagudo! Aunque me gusta pasear por esta ciudad que quiero tanto y donde he vivido una parte de los inolvidables veranos de mi infancia, no sabes lo triste que me pone y las ganas de llorar que siento. Tengo una sospecha. Creo que hemos idealizado la desaparición de Lucas. No te asustes con la siguiente pregunta: ¿y si me ha dejado por otra mujer? ¿Qué te parece? Lo he pensado después de hablar con mi tía. Empiezo a estar convencida de que me ha engañado, es más, de que nos ha engañado a todos. ¿Cómo lo ves?

Besos,

Paula.

Desconecto el teléfono móvil inmediatamente después del desahogo. No podría resistir un solo reproche de Francesca de viva voz. Prefiero que lo piense y que me escriba. Mientras tanto, me tumbo en la cama y me distraigo con la sosegante voz del narrador de un documental de National Geographic. Veo en lo alto de un árbol cómo un mono pequeño juega con dos tigres. Hace incursiones de ataque hasta el suelo, donde está la pareja de felinos y, sin soltarse de su liana protectora, les tira del rabo y de las orejas y se protege, de nuevo, entre las ramas. La escena es cómica y me río a carcajadas. Interrumpo la risa cuando soy consciente de que no puedo compartirla con nadie. Reírse sola también es desolador. Termina el documental del mono y los tigres y comienza otro de focas y leones marinos, pero no me dan tregua. Tengo que apagar el televisor porque intuyo que en la próxima escena unos cazadores los van a matar a palos. Pelo un kiwi y un plátano que están en el frutero desde el día anterior junto con un protocolario mensaje de bienvenida y, lentamente, me los como.

Recibo un mensaje. Es la respuesta de Francesca.

Has desconectado el teléfono. Compruebo que no quieres escucharme en directo... El viaje en busca de los recuerdos de tu tía Olvido bien vale un lago de lágrimas. Llora lo que haga falta con tal de que no te trastorne el entendimiento. No se te ocurra pensar en tan majadera posibilidad. Lucas no es de esos que se fuga con otra sin previo aviso. ¿Estás loca? ¿Quién te ha metido semejante ruindad en la cabeza?

Pobrecita mía, comprendo que de tanto darle vueltas al asunto tengas alterado el ánimo. Pero me alegro de lo que estás haciendo, teniendo en cuenta la edad de tu tía. Nadie más que ella te puede dar la información que buscas. Tenías que hacerlo y has elegido el mejor momento. No te preocupes si te deja el alma a la intemperie. Merece la pena el esfuerzo si con ello descubres los aspectos más profundos de tu vida, los lazos que te unen a tus orígenes, más allá del espacio y del tiempo.

Es un bello viaje, no importa lo lacrimógeno que sea. Eres luchadora y valiente. Ya verás cómo poco a poco te encontrarás mejor. Respecto a los pensamientos idiotas, procura apartarlos de tu cabeza. ¡¡¡Es imposible que Lucas se haya ido con otra!!!

No pienses demasiado. No abras nuevos frentes. Hazme caso. Y, sobre todo, no te escapes otra vez.

Te quiero,

Francesca.

3

Sonó el teléfono. Llamaban desde recepción.

—El señor Ordóñez pregunta por usted.

Mientras escuchaba la voz del conserje pensé en quién diablos sería el señor Ordóñez. De pronto miré el reloj y me di cuenta de que eran las siete de la tarde. Era Rodrigo.

Ha pasado un día más. Me siento desganada y apática, sin ánimo para enfrentarme de nuevo al desbordante entusiasmo de Rodrigo. Sólo deseo conseguir las cartas y que se marche cuanto antes por donde ha venido.

—Dígale que ahora mismo bajo, gracias.

Rodrigo Ordóñez estaba al pie de la escalinata. No distinguía bien si llevaba una especie de carpeta o un sobre grande en la mano, pero me imaginé que contenía lo único que me interesaba. Le veía poco atractivo o quizá me pareció más cursi por la inmaculada blancura de su gabardina. Me esperaba con la misma sonrisa y la buena disposición del día anterior, hasta el punto de que subió la escalera para saludarme a mitad de camino y darme un beso y un abrazo demasiado efusivo.

—Buenas tardes, Paula. ¿Cómo has pasado esta noche en San Marcos?

Intenté ser amable, pero me costaba un esfuerzo sobrehumano.

—Como todas —dije lacónicamente.

—En cualquier caso, espero que te encuentres como en tu casa. Por cierto, el director es buen amigo mío, si necesitas algo especial no dudes en decírmelo.

Era incapaz de saber por qué desconfiaba de un hombre tan considerado que parecía dispuesto a complacer todos mis deseos.

—Te lo agradezco, pero estoy cómoda. No creo que necesite nada —respondí, harta de tanta formalidad.

—Déjame decirte que te sienta maravillosamente el negro. Estás elegantísima. —Y tras hacer una pausa, esperando una reacción por mi parte, prosiguió—: ¿Quieres tomar algo en la cafetería o buscamos un lugar más tranquilo en uno de los salones de arriba?

—Me da lo mismo —le dije—. Perdona mi impaciencia, pero estoy deseando ver cuanto antes los papeles.

—No te preocupes, lo entiendo perfectamente. Sentémonos ahí dentro, frente a los jardines; en la cafetería hay demasiado jaleo.

Los sillones eran confortables. Rodrigo se sentó a mi lado, lo que me obligó a girar la cabeza. Estábamos solos en un amplio salón con butacas y mesas de recio estilo castellano y algunos *chester* clásicos de piel negra. Las arañas pendidas del techo iluminaban un artesonado que me llamó la atención. Rodrigo me contó que es obra de Lucio Muñoz; que en los años setenta pidieron a artistas de la época que colaboraran en la decoración, y el hotel está repleto de obras de Vela Zanetti, Macarrón, Pepe Caballero, Martínez Novillo, María Antonia Dans, entre otros. «Si quieres, luego te los enseño». A través del ventanal vi, otra vez, a lo lejos, el río Bernesga. No lograba apartar de mi pensamiento la imagen de los cuerpos arrastrados por la corriente del río.

—¿Cómo van las cosas por Madrid? —Rodrigo pretendía iniciar una charla que yo no estaba dispuesta a continuar—. Supongo que se nota para bien el cambio de Gobierno.

A medida que pasa el tiempo tengo más dificultades para mantener conversaciones sobre asuntos de actualidad. Aborrezco las inevitables tertulias que se organizan en torno a nombres de famosos, presentadores de televisión, comentaristas de radio, restaurantes de moda, conflictos internacionales que aparecen en titulares de periódicos... Pero lo que más detesto, con mucha diferencia, es comentar las últimas declaraciones del político de turno y la inmediata réplica del adversario. No soporto los «ecos de sociedad» de la política. De todos modos, soy consciente de que Rodrigo no tiene por qué conocer mis fobias.

—Como sabes, el otro día se reunió aquí el Consejo de Ministros. Estuve hablando con la vicepresidenta, una mujer muy interesante, que, por cierto, hizo unas declaraciones muy valientes sobre la reparación moral y jurídica de las víctimas del franquismo... Algo de lo que el anterior Gobierno jamás se ocupó.

—Lo siento, Rodrigo, no tengo interés en hablar de política.

—Ah, creía que estabas interesada en todo lo referente a la defensa de los perdedores de la guerra. Entonces..., ¿de qué quieres que hablemos?

—Del asesinato de mi abuelo.

—A mí también me interesa hablar del fusilamiento de tu abuelo, porque mi trabajo consiste precisamente en eso, en recuperar expedientes de encarcelamientos y juicios sumarísimos. También queremos localizar a los desaparecidos. Coordino un equipo de forenses y arqueólogos para identificar a los miles de fusilados, o mejor dicho, a los «paseados» que aún siguen enterrados en las cunetas. Así que el caso de tu abuelo Román me interesa de manera especial, porque he localizado la causa, además están las cartas que me dio tu tía y...

—Te agradecería que me devolvieras las cartas y toda la documentación que hayas logrado reunir.

—¿No te interesan los detalles de la causa de tu abuelo?

—¿Sugieres que me preocupe un juicio, si es que lo hubo, al cabo de setenta años?

—Sí, eso nos han pedido algunos familiares de las víctimas, revisar los juicios, entre otras cosas porque tal vez tengáis derecho a algún tipo de compensación o a recuperar propiedades confiscadas por la dictadura.

—No es mi caso, no quiero ninguna compensación...

—Tú no, pero quizá tu familia esté interesada. Ten en cuenta que sólo en León hay veintitantos descendientes directos de tu abuelo Román, además de su propia hija, que todavía está viva.

—Creo que ella tampoco está interesada —declaré, tratando de no prolongar más la conversación.

—Pero los demás, sus nietas y sus biznietos, tienen tanto derecho como tú a defender su honor.

—Su honor está a salvo. Te aseguro, Rodrigo, que ni me opongo ni me parece mal que cada uno haga lo que quiera, pero mi única intención es leer esas cartas y escribir un asunto que tengo pendiente sobre la historia de mi familia. A mi modo, también puedo contribuir a la recuperación de la memoria histórica, pero mis pretensiones son muy modestas. Dame esos papeles, te lo ruego, y acabemos de una vez.

—Como quieras, pero no entiendo tu actitud. Sólo pretendía facilitarte las cosas... Siempre he sentido una especial simpatía por ti y, además, me gusta cómo escribes... En fin, te he traído una copia del expediente...

Estaba dispuesta a rechazar la copia y a exigirle el original, pero pensé que sería inútil. De modo que acepté el sobre y le di las gracias.

—Ahora discúlpame, me gustaría leerlo a solas.

—Está bien, te dejo, si eso es lo que quieres, pero puedes contar conmigo para todo lo que necesites. Insisto en que me gustaría ayudarte.

—Muchas gracias —dije para zanjar el asunto, que él parecía estar dispuesto a prolongar indefinidamente.

—Ya sabes dónde encontrarme...

—Sí, adiós. —Me despedí con brusquedad y me dirigí al ascensor más cercano.

Sola, al fin, en mi habitación, cerré la ventana de la terraza, abrí el sobre con ansiedad y me dispuse a leer las cartas. No llovía, pero la noche era desapacible. Tenía frío y, sobre todo, me daba miedo enfrentarme a las palabras de mi abuelo, escritas hace casi siete décadas y, sin embargo, tan presentes en la vida de mi madre y, por lo tanto, en la mía. En ese momento lamenté que no fuera el papel original que ella habría manoseado tantas veces y sobre el cual seguramente vertió muchas lágrimas. Quisiera tener en mis manos el objeto real que sobrevivió a su muerte. Por eso, y no por motivos más racionales o interesados, hubiera preferido tener el original y no una copia de un papel desposeído por completo del olor de la cárcel, la textura de aquel tiempo, el color amarillento del paso de los años, la huella imperceptible de los dedos de mi abuelo, las lágrimas de mi madre. Se trataba de un folio blanco, sin dobleces ni marcas, apenas con una línea defectuosa de la fotocopiadora. No era lo mismo que tocar el original con mis propias manos, pero, aun así, supe enseguida que su lectura me dolería.

Mi adorada Ángela y mis queridísimas hijas:

No me siento con fuerzas para mentir, así que os diré la verdad. Todos los prisioneros estamos en una situación lamentable. Nos dan un trato tan degradante que resulta difícil mantener alta la moral. Te van ganando poco a poco, a fuerza de golpes y otras vilezas peores que no os describo para evitar más dolor. Como sabéis mejor que nadie, no he hecho nada que merezca esta condena.

Hace veinticuatro horas que me han sacado de la celda de castigo. Espero resistir dignamente gracias al profundo amor que os profeso y a mis principios morales. Es lo único que me mantiene vivo. Lo malo no es la falta de comida, que ya es una desgracia comer todos los días un mendrugo de pan negro y cuatro alubias contadas; lo peor son los olores. Los patios interiores apestan a orina y los huecos de las camas a madera podrida. Desde lo que llaman las cocinas sale un hedor a cabrito putrefacto y a tocino rancio, que es lo que nos dieron la otra semana, una ración para todo el día. Más vale que no nos la hubieran dado, porque algunos vomitaron, y los vómitos secos dejaron un rastro nauseabundo que se mezcló con nuestro propio olor a sudor y a ropa sucia, porque no tenemos ventilación y no nos dejan lavarnos como es debido.

Yo, gracias a Dios, conservo los dientes en buen estado, pero hay compañeros que tienen muelas infectadas y nadie se las cura, y por las noches sus lamentos se suman a los de los reos que van a fusilar a la mañana siguiente. Aquí no se puede dormir. Estamos apenados y cabizbajos. Todo esto es inhumano. Las ratas se pasean por encima de nosotros y son tan grandes que nos dejan paralizados, porque tenemos miedo a que nos muerdan y nos transmitan la peste. Lamento que seáis partícipes de estas miserias, pero creo que es mi deber contarlo para que se sepa fuera de aquí. Pienso, a veces, que nos matarán a todos para no dejar testigos de sus infamias. Mis carceleros son gentuza. Si estas alimañas ganan la guerra, no sé qué será de mis pobres compatriotas y, lo que más me duele, qué será de vosotras. Si interceptaran esta carta, me matarían. Así que leedla y, después, rompedla. No puedo continuar escribiendo. Corro peligro.

Mi queridísima Ángela, cuida de las niñas y de ti misma. Espero volver algún día a nuestra casa.

Vuestro para siempre,

Román.

Las lágrimas me cegaron. No tenía ánimos para continuar leyendo el resto de papeles. Mi pobre abuelo ignoraba que jamás saldría vivo de aquella mazmorra nauseabunda.

Para soportar mejor la tristeza, he adquirido la mala costumbre de abrir el minibar y beberme dos botellitas de whisky seguidas de otras dos de champán, de pésima calidad, por cierto. Cuando empiezo a notar el efecto, antes de que se me vaya la cabeza, me tomo los dos

Orfidal con el relajante muscular y caigo fulminada en la cama, sin tiempo para desnudarme. Sólo el alcohol me provoca el grado suficiente de inconsciencia como para tomarme las pastillas sin remordimiento, sin calcular que cualquier día se me irá la mano y no sólo perderé la pena, la memoria, la consciencia y el hígado, sino también la vida.

4

Estoy tumbada en la cama, mirando el techo, rodeada de objetos ajenos. No me concentro en nada. No puedo realizar grandes esfuerzos, sólo cosas fáciles y breves. Soy incapaz de leer, de escribir, de ponerme de pie, de caminar, de mantener una conversación larga. Me limito casi a respirar. Apenas puedo con la vida.

Si ya no puedes escribir ni amar,
y buscas un lugar para morir,
basta una habitación de hotel barato.
Manda que no te pasen los avisos,
paga dos noches por adelantado...

Estoy en las mejores condiciones para seguir los consejos de Joan Margarit, si no fuera porque el hotel en el que me hospedo no es precisamente barato y, además, el poema al que pertenecen los versos que he citado se titula «Incitación a la posteridad». ¿Por qué últimamente me siento tan identificada con la poesía de Margarit? Será mejor soslayar algunas coincidencias vitales.

Daría cualquier cosa por tener a Lucas tumbado junto a mí. Y en esta quietud me arrepiento de haber pensado que su desaparición sólo se trataba de una coartada vulgar. Francesca tiene razón. Ha sido una majadería.

Percibo que alguien está pensando en mí en estos momentos. Aunque no me pertenezcan, hago míos esos pensamientos que flotan en el aire.

Si dos partículas han estado en contacto alguna vez, permanecerán siempre conectadas aunque las separen millones de kilómetros. Son las teorías físicas que Charly me cuenta. Me las quedo, aunque no las comprendo. Los compromisos emocionales que establecemos con otras personas se transforman en energía y siempre es posible recuperar esas emociones, porque en el ámbito de la energía no existe ni el tiempo ni el espacio. Al evocar los recuerdos, los sacamos del pasado para insertarlos en el ahora. Por eso, cuando tenemos un accidente grave o nos sentimos al borde de la muerte, visualizamos en unos segundos y sin orden cronológico la totalidad de nuestra vida, sin dividirla en secuencias progresivas. Dicho de otro modo: la realidad tiene múltiples dimensiones y existen universos paralelos por los que se puede viajar en el tiempo. No recuerdo en qué se basan para afirmar que son once las dimensiones o los universos paralelos. Las creencias esotéricas son parecidas y, desde luego, mucho más antiguas. Los científicos suelen ser demasiado arrogantes y aceptan de mala gana que exista un pensamiento intuitivo, mágico, pero muy desarrollado en la Antigüedad.

Nuestro amigo Charly, del que tampoco he vuelto a saber nada desde que nos despedimos en el aeropuerto, dice que existen demasiadas cuestiones impredecibles, que apenas conocemos la superficie de la realidad y que sólo desde otra dimensión se podrían comprender las leyes del universo. Antes de que la física moderna decidiera dividir en once los universos paralelos, los astrólogos estudiaban ya los siete cielos planetarios, que a su vez coincidían con los siete pisos del zigurat, las misteriosas torres mesopotámicas de casi noventa metros de altura desde las cuales observaban los astros. Cada piso representaba uno de los siete colores del arco iris, o las siete estrellas errantes, que eran los únicos planetas conocidos en aquel tiempo: el Sol, la Luna, Júpiter, Marte, Saturno, Mercurio y Venus. Con ellos bautizaron los días de la semana. El último piso del zigurat estaba coronado con una deslumbrante cúpula dorada o plateada donde aparecían representados animales en relieve y los signos del Zodiaco o mansiones del Sol, con los que nombraron los meses del año. Los babilonios eran astrólogos, pero también grandes conocedores de la astronomía. Ponían nombre a los cometas, calculaban los eclipses, estudiaban las fases de la Luna y las manchas del Sol. Se supone que la bíblica Torre de Babel fue uno de aquellos zigurats de la antigua Babilonia, ciudad construida a orillas del Éufrates, de la que no recuerdo si quedan unos montículos de arcilla o un foso con agua donde crecen las cañas o quizá no quede ni rastro tras la última guerra. Hace mucho tiempo que estuve allí. Es una pena que de aquellas maravillas arquitectónicas mesopotámicas sólo sobrevivan los relatos de Herodoto, que visitó Babilonia en el siglo V a. C., y el testimonio de los arqueólogos.

Charly le regaló a Lucas un libro que no he logrado encontrar, en el que se establecía una relación entre los zigurats, las pirámides de Giza, en Egipto, y las de Teotihuacán, en México. La diferencia esencial, creo recordar, es que los zigurats se edificaban dentro de la ciudad para que los sacerdotes-astrónomos hicieran uso de ellos para ofrecer sus sacrificios a los dioses; las pirámides, sin embargo, se construían en el desierto, pues se destinaban a los muertos y estaba prohibido que los vivos entraran en la necrópolis, la morada eterna del dios Ra y de sus hijos, los faraones.

El caso es que mi número preferido siempre ha sido el siete (¡qué vulgaridad!), y lo es todavía más desde que Charly me explicó este cúmulo de coincidencias cabalísticas y el simbolismo cósmico del número que representa la armonía celeste. Siete son los tonos de la escala musical, las maravillas del mundo antiguo, los metales de los alquimistas, los *chakras* de la tradición hindú y las estrellas que forman la Osa Mayor. Mahoma habla de los siete cielos, y Shakespeare, de las siete etapas en las que se divide la vida del hombre. Los siete pasos que, según la leyenda, dio Buda, el iluminado, hacia cada uno los cuatro puntos cardinales suman veintiocho, el número de estrellas de la constelación de Capricornio.

Charly es astrofísico y se instaló en México cuando dejó de impartir sus clases en el Instituto Tecnológico de Massachusetts. Charly y Lucas prolongaban durante horas los cálculos cabalísticos. A Lucas también le fascinaba hablar con él sobre predicciones científicas como el cambio climático o el crecimiento de las poblaciones de insectos. La verdad es que nunca llegué a comprender de qué hablaban; sólo recuerdo que mantenían conversaciones maravillosas, profundas e inquietantes. Solían concluir con que casi todo es imprevisible, porque la existencia depende de «un Dios que juega a los dados». Recuerdo algunos de los ejemplos que se le ocurrían a Charly. Podemos predecir los movimientos de la Luna, pero no los de un sombrero cuando vuela por culpa de una ventisca. Los matemáticos saben calcular cuánto tarda en caer un suicida desde lo alto del Empire State, pero no los motivos por los que decidió dar el salto mortal. Sabemos muy poquito, solía contarnos, es difícil no sentirse abrumado por la desmesura de las magnitudes astronómicas. La Tierra es una partícula minúscula que da vueltas alrededor de una estrella, el Sol, que es un millón de veces más grande que nuestro pequeño planeta. El Sol es una estrella más entre los cien mil millones de estrellas de nuestra galaxia. Pero la cosa no termina ahí. La inmensidad del número de estrellas y de galaxias sólo es una pequeña parte del universo; más allá está lo que no vemos, porque no emite luz, pero sabemos que existe porque tiene una presencia gravitatoria sobre otros objetos celestes. Eso que existe, pero que no vemos, se llama materia oscura. Ni los dioses ni los genes han sido capaces, por el momento, de aclarar los grandes enigmas celestes.

Me quedaba embobada escuchando semejante sarta de presunciones científicas, que, al parecer, son uno de los grandes hallazgos de las últimas décadas. Pero lo más abrumador eran las magnitudes astronómicas de nuestra ignorancia.

Charly es un científico poco engreído, así que aceptaba que intercalase preguntas irracionales en la conversación, del tipo: ¿cómo puedo desbloquear mi flujo de energía? ¿Sabes cómo se produce un estancamiento luminoso? ¿Dónde termina el cuerpo y dónde empieza el alma? ¿El universo se expande indefinidamente o entrará en una fase de contracción, eso que llamáis el Big Crunch, el Gran Crujido? Sabía el motivo de mis preguntas. Conozco bien el pensamiento mágico y las teorías esotéricas y por eso me divertían tanto las respuestas de Charly.

El cuerpo no es un mero recipiente. Yo no tengo un cuerpo; soy un cuerpo. Siempre decía que el destino no cabe en el mapa genético y que él sólo tenía algunos conocimientos sobre el ADN y las proteínas, pero que yo sabía mucho más de la totalidad del ser humano.

—Sí —le respondía yo—, es probable que sepan más los astrólogos que los astrónomos.

La lucidez o la desmesura de las charlas dependían de la cantidad de enchiladas, guacamole y margaritas que hubiéramos consumido a esas horas de la noche.

Mi cuerpo continuaba en la cama, boca arriba, cuando sonó el móvil y se produjo el milagro telepático. Era Charly, desde México.

—¡No lo puedo creer, Charly! Estaba pensando en ti en este preciso momento —le dije.

—Lo sé, acabo de notar tu energía en mi nuca y me he dicho: tengo que llamar a Paula. Y así lo he hecho, convencido de que cumplo tus deseos.

—¿Estás en México?

—Claro, en el mismo D.F.

—¡Qué alegría, Charly! ¡Qué alegría oír tu voz!

—¿Cómo está mi princesa?

—Mal, Charly, ¿cómo voy a estar?

—Escucha, cara linda. He estado en Panamá investigando. Lucas no ha estado allí el último año. Puedes estar segura. De modo que habrá que buscar en otro lugar.

Le conté lo que me había pedido en la carta y me aconsejó que esperara en San Marcos, porque si Lucas me lo había prometido, recibiría noticias suyas. Que no pensara en el tiempo transcurrido, porque así sufriría menos.

—Como dice Shakespeare: «El tiempo es muy lento para los que esperan, muy rápido para los que tienen miedo, muy largo para los que se lamentan, muy corto para los que festejan, pero para los que aman el tiempo es una eternidad».

Probablemente Charly sabe más que yo de sufrimientos. «Si no existe el tiempo, tampoco existe la distancia». Tenía que repetir la frase hasta que se me quedara grabada en la mente.

—Piensa que quizá estuviste con él ayer y que es posible que vuelvas a verle mañana.

Le oía con la voz entrecortada; el móvil estaba a punto de quedarse sin batería.

—No te oigo bien, espera, que voy a buscar el cargador para enchufarlo.

Mientras lo buscaba, volví a las andadas y rompí a llorar. Parece que Charly escuchó los sollozos a lo lejos.

—¿Por qué lloras, mi amor? Si me sigues llorando, ahorita mismo me planto allá. No me llores, que me rompes el corazón... Óyeme, Paulita, precisamente estaba escuchando tu canción. Mira qué lindo suena Machado...

Tus ojos me recuerdan
las noches de verano,
negras noches sin luna,
orilla al mar salado,
y el chispear de estrellas
del cielo negro y bajo.
Tus ojos me recuerdan
las noches de verano.
Y tu morena carne,
los trigos requemados,
y el suspirar de fuego
de los maduros campos.

La música sonaba a todo volumen y yo me hubiera quedado mucho más tiempo con la oreja pegada al auricular.

De tu morena gracia,
de tu soñar gitano,
de tu mirar de sombra
quiero llenar mi vaso.
Me embriagaré una noche
de cielo negro y bajo,
para cantar contigo,
orilla al mar salado,
una canción que deje
cenizas en los labios...

5

Prometí a Charly cumplir mis compromisos. Y el primero de todos era conocer la verdadera historia de mi abuelo Román. Debía, por tanto, terminar de leer la copia de los documentos que me había traído Rodrigo.

Me pregunto qué se esconde detrás de ese afán por saber la verdad. ¿Es sólo curiosidad? ¿Qué nos impulsa a conocerlo todo sobre nuestro pasado? En este caso, en el de mi abuelo, me amparo en la grandilocuencia de la memoria histórica y en la obligación de cumplir los deseos de Lucas, pero sentiría la misma curiosidad por conocer un montón de detalles intrascendentes relacionados con mi vida de una manera muy superficial. Me encantaría pasar una tarde entera con alguien capaz de responder a cualquier pregunta que se me ocurra en este momento. ¿Cómo celebraron mis padres el día de su boda? ¿Dónde estará Víctor, mi primera pareja de baile en una fiesta de adolescentes? ¿Qué fue de Rosalía, una compañera de colegio con la que compartía el trayecto en tranvía las tardes que iba a clases de francés? ¿Se acordará de mí el dueño del restaurante para el que trabajé en Londres un verano? ¿Seguirá viviendo Carlos en no me acuerdo qué planta del edificio de Torres Blancas? ¿Qué habrá sido del labrador de Pedro? ¿Dónde se quedaron los juguetes de los helados Miko y la máquina de coser Singer? ¿Y los boleros de Porto-Vecchio? ¿Se casaría, al fin, aquel amigo de mis padres llamado Vicente o, como sospechaban, su novia descubrió que era homosexual? ¿Por dónde andará *Qué verde era mi valle?* ¿Quién ocupará, en estos momentos, la habitación donde pasé mi infancia? Es posible que esas personas estén vivas y que mi primera casa aún siga en pie; de lo contrario, mis preguntas no tendrían sentido. Quizá no lo tengan de ningún modo. Se trata, en realidad, de un simple divertimento; una especie de moratoria para no enfrentarme con la ardua tarea de conocer la verdad que mi madre hubiera querido saber.

Averiguar cierta clase de verdades siempre resulta doloroso. Sospecho que algo de mí habría ya en la conciencia de mi abuelo cuando sufría las humillaciones de sus carceleros. Yo existía en el sufrimiento de mi madre. Lástima que no podamos bucear en el pasado con la distancia del naturalista que toma notas mientras contempla cómo se aparean las jirafas. No, no es posible. Por eso permanecen abiertas las heridas de la Guerra Civil en quienes no tuvimos edad para vivirla ni de lejos. No estoy preparada para recrear la memoria de una manera aséptica. Lo sé. Estoy convencida de que se deben repartir, con más equidad que hasta ahora, las bondades y las vilezas entre los dos bandos enfrentados. Pienso, sin embargo, en las derrotas y en los horrores familiares y los siento todavía demasiado recientes como para tomar distancias, pero no puedo evitar los recuerdos. Tengo derecho a recordar en voz alta. Nadie puede dar por definitivamente olvidada su historia personal ni la de su familia ni la de su país. Reconozco que soy incapaz de analizar los testimonios de mi abuelo con la suficiente lejanía para matizar mis fobias. Aun teniendo, como tengo, la más absoluta convicción de que, excepto los vencedores prepotentes o los perdedores más fanáticos, el resto de los contendientes intentaron transmitirnos con todas sus fuerzas que una guerra civil es un drama sin sentido. Gracias a ese espíritu de pacifismo instintivo, casi subconsciente, que nos legaron la mayoría de las víctimas, fue posible, en cierto modo, la transición pacífica a la democracia que yo he vivido con tanto provecho.

Lo sé. La guerra es un horror para todos y hay que huir de ella como de la peste. No hay duda, sin embargo, de que estoy aquí, reconstruyendo la memoria histórica con la convicción de que los ojos de las víctimas me siguen mirando. Una legión de desconocidos que no logró sobrevivir a la destrucción. Personas que se quedaron en el camino, solas, derrotadas, muertas, fusiladas o desaparecidas, y, desde luego, las víctimas cercanas, los exiliados como mi tío Fabricio, nuestro amigo Charly y los otros niños que acabaron desperdigados por el mundo. Peores estragos que la injusticia causa el olvido. Hay que rescatar del olvido a los muertos.

6

Abro el sobre con gesto vacilante. En el exterior de la ajada carpeta color pardusco aparece escrito el nombre de mi abuelo con caligrafía barroca y debajo, con un tampón de tinta violeta, el número de la causa: 7527/36.

Compañía de los Caminos de Hierro del Norte de España

VALSECA
(Primer apellido)

MARTÍN
(Segundo apellido)

ROMAN
(Nombre)

Cargo Jefe de Almacenes

Residencia oficial León

Situación actual

READMITIDO

MOVILIZADO no

101

A

Sin movilizar

DETENIDO

EN LIBERTAD

Domicilio actual ...... Población ...... Calle ...... Piso ...... Nº ......

Diligencias de Depuración

NÚMERO S. n.º 51 - 3578

Pasa al juzgado núm. ...... en 15 de enero de 19 41

Se propone la SEPARACIÓN DEFINITIVA (12ª) 17-1-41.

Propuesta al Consejo Directivo en ...... de 7 FEB 1941 de 19 ......

Comunicado a la Dirección General de Ferrocarriles, Tranvías y Transportes por carretera en ...... de ...... de 19 ......

Aprobada propuesta en ...... de 13 FEB 1941 de 19 ......

Comunicado a ......

COMPAÑIA
DE LOS
CAMINOS DE HIERRO DEL NORTE
DE ESPAÑA
DIRECCION
MADRID

J. I. Núm ....

S.

101

A

Propuesta de separación definitiva

Sr. Jefe del Personal, Delegado para la depuración

Examinados los informes relativos a la conducta y actuación, en relación con nuestro Glorioso Movimiento Nacional, de D. ROMAN VALSECA MARTIN *que con anterioridad al 18 de julio de 1936 prestaba sus servicios en esta Compañía con el cargo de* jefe *en el Servicio de* Almacenes *en* León *actualmente*[n] sin trabajar *que no ha solicitado su readmisión de la misma, y*

RESULTANDO, de la información obtenida, que este agente, era de ideas izquierdistas, exteriorizadas con anterioridad al 18 de julio de 1936; que en la huelga revolucionaria de 1917 fué seleccionado, y más tarde readmitido en virtud del Decreto de 4 de julio de 1931; que al iniciarse el Glorioso Alzamiento, siguió prestando servicio en la Compañía hasta el día 7 de agosto de 1936, fecha en que fué detenido por la Autoridad, y posteriormente, le fué aplicada la última pena, en cumplimiento de sentencia recaida en el Consejo de Guerra que que fué sometido.

CONSIDERANDO, los hechos que anteceden; y teniendo en cuenta que este agente está comprendido en lo que dispone el artº 13 de la Ley de 10 de febrero de 1939, en relación con el apartado a) del artº 9º de la expresada ley, es por lo que,

el Juez instructor que suscribe tiene el honor de proponer a V. la SEPARACIÓN DEFINITIVA (12º) CON PERDIDA DE TODOS LOS DERECHOS.- - - - - -

Esta sanción se considerará aplicada a todos efectos en la fecha del 18 de julio de 1936, en la que el agente interrumpió su Contrato de trabajo con la Compañía.

Madrid, 17 *de* enero *de 19* 41.

El Juez Instructor,

[firma]

Examinada la propuesta que antecede por el Jefe del Personal, Delegado para la depuración, que suscribe, entiende que procede aprobar la sanción propuesta por el Juez instructor. - - - - - - - - - - - -

ROMÁN VALSECA MARTÍN
Jefe de Almacenes, León
TENÍA EL 18 de julio de 1936
Años de edad 57
Años computables de servicios..........31 3/12

En consecuencia así lo propone al Consejo Directivo de la Compañia.

Madrid, 20 *de* enero *de 19*41

El Jefe del Personal,
Delegado para la Depuración,

Examinada la presente propuesta por este Consejo Directivo, en su sesión de 7 FEB 1941, *resuelve* aprobarla

Madrid, ... *de* 7 FEB 1941 *de 19*........

P. El Secretario del Consejo,
El Inspector Principal

V.º B.º
P. El Presidente del Consejo,
Un Consejero,

Vista la resolución preinserta y sus antecedentes, esta Dirección General de Ferrocarriles, Tranvías y Transportes por carretera, acuerda otorgar su conformidad a la presente propuesta.

Madrid, 13 *de* febrero *de 19*41.

El Director General,

(Sello en tinta)

D.P. nº S. 51-3578.

COMPAÑIA
DE LOS
CAMINOS DE HIERRO DEL NORTE
DE ESPAÑA
DIRECCION
MADRID

J. I. Núm ....

Madrid, a .... *de* 17 FEB 1941 *de 19* ....

Sr. D. ROMAN VALSECA MARTIN

Acopios.

León.

En virtud de las facultades que al efecto me han sido delegadas, pongo en su conocimiento que el Consejo Directivo de esta Compañía, vista la propuesta del Sr. Juez Instructor, aprobada por la Dirección, en el expediente incoado con arreglo a lo dispuesto en el artículo 3.º del Decreto de 1.º de septienbre de 1939, ha acordado, con la aprobación ulterior de la Dirección General de FF. CC., Tranvías y Transportes por carretera y por ser a Vd. de aplicación el contenido del artículo 13 de la Ley de 10 de febrero de 1939, prescindir de sus servicios en esta Compañía, manteniendo en consecuencia, como definitiva, su baja en el personal de la misma, con pérdida de todos sus derechos, en vista de las informaciones aportadas y de las conclusiones de dicho expediente.

El Jefe del Personal,
Delegado para la Depuración,
Firmado:

COMPAÑIA
DE LOS
CAMINOS DE HIERRO DEL NORTE
DE ESPAÑA
DIRECCION
MADRID
J. I. Núm ....

Madrid, a..........de..........de 194..........

Sr...........

Para terminar la depuración del personal que pertenecía a esta Compañía, en 18 de julio de 1936, se hace preciso conocer las circunstancias que concurren, en relación con el Glorioso Movimiento Nacional, en D. ROMAN VALSECA MARTIN *que en dicha fecha desempeñaba el cargo de* jefe de almacen *en la residencia de* León.

A tal efecto ruego a Vd. que, a la brevedad posible, me informe en el presente impreso sobre los extremos que en el mismo figuran, ateniéndose para ello a las instrucciones que igualmente en él se expresan.

El Juez instructor, n.º..........

(Sello del
Juzgado)

ACTUACION POLITICO-SOCIAL, ANTES Y DESPUES DEL 18 JULIO 1936

(Agente comprendido en el caso 2 º de las Instrucciones del dorso)

Este ex-agente, estuvo prestando servicio hasta el 7 de agosto de 1936, fecha en que fué detenido por la Autoridad, y posteriormente, o sea, el 17 de noviembre del mismo año, fué ejecutado militarmente, en cumplimiento de sentencia recaida en el Consejo de Guerra a que fué sometido. Estos datos han sido facilitados por el Sr. Repartidor Principal del Almacen del Deposito de León, que se hizo cargo del Almacen del Recorrido al ser detenido el Sr. Valseca.

En la huelga de 1.917 fue seleccionado y readmitido en virtud del Decreto de 4 de Julio de 1.931 y en la revolucionaria de 1.934 acudió al trabajo.

Contaba al ocurrir su fallecimiento, cincuenta y dos años de edad y al cesar sus servicios en la Compañía, llevaba 31 años y tres meses de servicios computables.

León *a* 3 *de* enero *de 194*1.

V.º B.º

(1) El Jefe del Servicio de Acopios,

(2) El JEFE DE ALMACENES

CASOS QUE NOS INTERESA CONOCER E INSTRUCCIONES QUE SE HAN DE OBSERVAR PARA ESTABLECER ESTE IMPRESO

1.º – *a)* Agentes que todo el tiempo estuvieron en Zona Nacional y si prestaron servicio sin discontinuidad en ella hasta la liberación total de España, o a su fallecimiento.

b) Agentes, que perteneciendo a la plantilla de Zona roja, fueron sorprendidos por el Alzamiento en la Nacional; si prestaron servicio en esta desde el primer momento, y si trabajaron hasta la liberación con o sin discontinuidad, o a su fallecimiento.

En ambos casos se consignará, sucintamente, la conceptualización política del interesado, en relación con el Movimiento.–Si se tratase de un caso extremista se hará una referencia, lo más amplia posible, de antecedentes y actuación, tanto político-social como profesional.

2.º – Agentes que residían en Zona Nacional y que durante la guerra no prestaron servicio con continuidad.

Consígnense cuantos antecedentes y actuación del interesado sea posible recoger, no solo respecto a su conducta político-social y profesional, sino también sobre las causas de las interrupciones.

3.º – Agentes a quienes el Movimiento sorprendió en Zona roja y que en el transcurso de la guerra pasaron a la Nacional, o fueron liberados.

Aparte del informe político-social y profesional señálese, especialmente, la fecha en que hicieron su presentación a la Compañía; a partir de cuándo comenzaron a prestar servicio, y si lo hicieron hasta la terminación de la guerra, o a su fallecimiento.

4.º – Agentes que todo el tiempo estuvieron en Zona roja, y que prestaron o no servicio en ella durante el dominio marxista.

Dígase, además de su conceptuación política-social y profesional, que actuación tuvo: si desempeñó cargos militares, sindicales o políticos, por designación del Gobierno rojo; si formó parte de milicias, etc., o si se apartó de su cometido ferroviario; y en general, cuantos hechos, favorables o adversos, se le conozcan, en relación con el Alzamiento.

Igualmente cítese, si se conoce, su actual paradero y qué motivos se supone han existido para no hacer su presentación a la Compañía.

En los casos 2.º, 3.º, y 4.º, y como párrafo final, cítese la edad del interesado, y años y meses de servicio computables en 18 de julio de 1936; si está o no trabajando, así como el cargo y residencia que en la actualidad tenga.–Si falleció cítese igualmente la fecha, y si la muerte no fué natural, las circunstancias que concurrieron en ella.

Si por amplitud del informe fuese necesario utilizar mayor espacio que el previsto en este impreso, pueden adicionarse a él pliegos de igual tamaño.

Se acompaña este impreso por duplicado para que después de establecido, un ejemplar se archive en el expediente personal del informado y, el otro, se curse a este Juzgado.

Cuando la Autoridad Militar haya tenido intervención en la depuración de este agente, se unirán a este impreso cuantos antecedentes de ese orden existan en el expediente personal; cuidándose de reseñar si tal depuración fué provisional o definitiva, si fué favorable y, en caso contrario, la sanción que aquella Autoridad impuso.

COMPAÑIA
DE LOS
CAMINOS DE HIERRO DEL NORTE
DE ESPAÑA
DIRECCION

D. P. Núm. S.

Cítese en la contestación esta letra y número

OBJETO

101

A

Madrid, a 10 de marzo de 1941.

Sr. Jefe del Personal, Delegado para la depuración.

Con referencia a su carta D. P. núm. S. 51.- 3.578 de 17 de febrero de 1.941 y en cumplimiento de las instrucciones dictadas sobre el particular, tengo el honor de manifestarle que la sanción impuesta en virtud de expediente instruído a D. ROMAN VALSECA MARTIN que en 18 de julio de 1936 prestaba sus servicios con el cargo de Jefe de almacenes con residencia en León ha quedado estampada en su expediente personal en la siguiente forma:

18 julio 1936.–Cesó al servicio de la Compañía por no adherirse al Glorioso Movimiento Nacional quedando separado de ella definitivamente con pérdida de todos los derechos de los Cuadros del personal- - *como resultado del expediente instruído, por acuerdo del Consejo Directivo, en sesión de* 7 de febrero de 1.941

Asimismo manifiesto a Vd. que al ex-agente que nos ocupa se le ha comunicado la resolución de su expediente, en virtud de la cual ha causado baja en las listas del personal de esta Compañía.

El Jefe del Servicio de Acopios,

COMPAÑIA
DE LOS
CAMINOS DE HIERRO DEL NORTE
DE ESPAÑA
DIRECCION

C.
D. P. Núm. S. 51-3578

Cítese en la contestación esta letra y número

OBJETO

C O P I A

Madrid, a .... de 17 FEB 1941 de 194.......

Señor JEFE DEL SERVICIO DE ACOPIOS.

En virtud de las facultades que al efecto me han sido delegadas, pongo en su conocimiento que el Consejo Directivo de esta Compañía, vista la propuesta del Juez instructor respectivo, en el expediente incoado con arreglo a lo dispuesto en el artículo 3.° del Decreto de 1.° de septiembre último, ha acordado, con la aprobación ulterior de la Dirección General de Ferrocarriles, Tranvías y Transportes por carretera, denegar la solicitud de readmisión al servicio de la Compañía, manteniendo en consecuencia su baja en el personal de la misma, de D. ROMAN VALSECA MARTIN que en 18 de julio de 1936 prestaba sus servicios con el cargo de Jefe de almacen con residencia en León, al cual se le comunica por la carta adjunta, que ruego entregue al interesado, la resolución recaída, a la vista del expediente que se le ha instruído en orden a sus antecedentes y conducta.

Ruego a Vd. disponga que en el expediente personal del interesado se estampen las anotaciones pertinentes ajustándose a las instrucciones dictadas para estos casos, y que seguidamente se lleve a la práctica la referida sanción, esperando envíe a esta Jefatura copia exacta de las estampaciones hechas en el repetido expediente personal de este agente y nos dé conocimiento de la ejecución de la sanción impuesta para constancia en el de depuración de estos Juzgados.

El Jefe del Personal,
Delegado para la Depuración

7

Dejo sin leer varias hojas del expediente. La rabia me impide continuar. Hasta el momento, doy por finalizada la lectura con el último impreso que el Jefe de Personal (Delegado para la Depuración) dirige al Jefe de Servicio de Acopios, donde pone en su conocimiento que el Consejo Directivo de la Compañía ha acordado denegar la solicitud de readmisión de mi abuelo, al cual comunican en carta adjunta la sanción impuesta en orden a sus antecedentes de agente izquierdista y mala conducta, al no adherirse al Glorioso Movimiento Nacional.

Repaso la fecha por enésima vez, 17 de febrero de 1941, y me cuesta dar crédito a semejante aberración. Como consta en el expediente que leo enfurecida, a mi abuelo le detuvieron el 7 de agosto de 1936 y le fusilaron el 17 de noviembre de 1936. Al cabo de cinco años le abren un expediente para expulsarle de la empresa. No contentos con semejante disparate, el fulano que actúa como Delegado para la Depuración deniega la solicitud para la readmisión (del difunto) en febrero de 1941 y, para mayor desvarío, le pide a su subordinado que comunique a mi abuelo (muerto cinco años antes) la orden de despido de su puesto de trabajo y la pérdida de todos sus derechos laborales.

La única firma un poco legible es la del depurador, un tal Luis, que Dios confunda. Cargos de empleados siniestros y patibularios que, probablemente, se vieron obligados a cumplir órdenes por miedo o necesidad de subsistir. Vivían en un mundo servil y amedrentado donde todo el que quisiera conservar su trabajo tenía que tragar y someterse. O quizá fueran unos simples desalmados que actuaban sólo por una codicia insaciable. Muchos vencedores ambiciosos utilizaban su modesto poder delegado para otorgar prebendas y corromper a su entorno. Un mundo al que jamás deberíamos volver. Es muy peligroso mirar hacia atrás con certezas y prejuicios. Nadie sabe realmente cómo se tomaron aquellas decisiones, excepto sus protagonistas, y a veces ni siquiera ellos podrían precisar los motivos que les impulsaron a actuar de ese modo, pero los recuerdos y las emociones no se olvidan, perviven al margen de la legalidad o de la historia mayoritariamente aceptada.

Me gustaría conocer al depurador y preguntarle por qué no meditó unos segundos lo que estaba firmando. Tal vez fuera consciente del escarnio que suponía la sanción para la familia de un muerto, víctima arbitraria de la maldita guerra. No quiero pensar qué le llevó a encargarse de semejante aberración: Delegado para la Depuración. Cuánta inmundicia.

La rabia, frente a la iniquidad, seca las lágrimas y diluye la angustia. Estoy furiosa. Quisiera recriminar a esas monjitas delatoras su infame conducta, aunque no sea yo la más apropiada para amenazarlas con el infierno. Me gustaría hablar con alguna de las personas que estuvieron relacionadas con el caso, pero es probable que las monjas, los carceleros y los que formaron parte del pelotón de fusilamiento se hayan extinguido y sólo revivan en mi recuerdo. Debería defender la memoria y no permitir que mi nostalgia lo confunda todo.

Sé que nadie tiene toda la razón, pero no puedo prescindir del relato que he ido elaborando a lo largo de tantos años. Sólo la historia que imaginé, porque fue la que me contaron, da sentido a mi vida. Necesito tu ayuda, Lucas. Tienes que volver.

8

Despejada la niebla, irrumpieron los rayos de sol a través de una cortina de nubes grises. Al detenerse el viento, las copas de los árboles se enderezaron. Hacía menos frío. Una hilera de chopos se prolongaba en cada extremo del puente. En un rincón de la enorme explanada había columpios, paralelas y toboganes para los niños del barrio. Unos postes metálicos de gran altura enmarcaban el campo de fútbol, con un césped verde y bien cuidado. Nada en este espacio recordaba lo que antaño fue, excepto el pequeño muro de piedra a medio derruir. Tal vez sea el único rastro del pasado. Al fondo de esta superficie irrelevante se veían algunos edificios de cuatro o cinco alturas y casas de una sola planta, pulcras, humildes y aseadas. Nadie diría que el paisaje era desolador y, sin embargo, a mí me lo parecía.

Había aparcado el coche en un callejón sin salida. Estábamos en Puente Castro y tuve que sujetarme al brazo de mi tía para disimular mi leve temblor de piernas. Con enorme serenidad me señaló, a unos doscientos metros, el lugar aproximado donde calculaba que se encontraba la tapia de los fusilamientos.

—Ahí los colocaban —dijo, sin que su voz sufriera la menor alteración.

—¿Estás segura? —pregunté.

Me dirigí hacia ese muro invisible para sentir el dolor más cerca, pero me costaba trabajo despegar los pies del suelo. Es angustioso no controlar el cerebro y ver cómo se desborda la imaginación. Caminé con cuidado sobre el césped. Me esforcé en hacerlo con naturalidad, pero tropecé torpemente al llegar a ese burdo vestigio histórico que formaba un montículo de piedras. Algo me decía que mi madre nunca había vuelto a ese lugar. Había estado allí antes de que fusilaran a mi abuelo, porque me había hablado de las divertidas fiestas de Puente Castro y de las amigas que vivían por allí, probablemente en las casas bajas de tejado rojo. Quise acercarme hasta la esquina para leer el nombre del cartel: «Calle de la Alegría». Es hiriente recordar con ese nombre el sitio de los fusilamientos. Quizá los vecinos se hayan negado a hacer un monumento conmemorativo y prefieran olvidar la sangre derramada en el polígono de tiro. En general, nadie quiere habitar sobre las ruinas de la desolación.

—A tu abuelo le hicieron un consejo de guerra y, después de tres meses de tortura en la cárcel, le fusilaron contra la tapia que había ahí —dijo mi tía señalando con el dedo—. A otros les pegaron sin más el tiro en la nuca. No sé qué fue peor.

—Mamá me contó que el primer cadáver que vio en el río era de un chico que ella conocía.

—No me acuerdo, ya no me acuerdo de casi nada —respondió Olvido en homenaje a su nombre.

—Rodrigo me dijo que traían aquí sólo a los que iban a ser fusilados.

—No me gusta ni Rodrigo ni su familia. El padre era un canalla. ¿No te lo he dicho?

—Sí, sí me lo has dicho. ¿Es cierto que los traían aquí? —repetí para esquivar que la conversación se centrara en Rodrigo.

—También llevaron a muchos a la azucarera y... A los que les daban el paseo los tiraban al río o a los pozos, que en todas partes se encontraron cadáveres. Los dos primeros años en León hubo muchas matanzas. Se cebaron con nosotros. No quiero ni acordarme de las penalidades que sufrimos.

La mayoría de la gente prefiere olvidar el pasado. En teoría, yo también. Las circunstancias, sin embargo, me obligaban a reconstruir mis padecimientos infantiles de una manera perniciosa. Me sorprendí a mí misma con semejante actitud masoquista. De todos modos, no estaba sufriendo tanto como me había imaginado. En realidad, apenas estaba sufriendo.

—Aquí ya no hay nada más que ver —remató mi tía muy resuelta.

Se desprendió de mi brazo y dio media vuelta. Se encaminó hacia el coche con las manos metidas en los bolsillos del abrigo. Yo no quería marcharme todavía, pero no me atrevía a pedir a mi tía que se quedase.

—¿Nos dará tiempo a pasar por la casa de la calle Astorga? —le pregunté.

—Si nos pilla de paso... ¿Para qué quieres ir?

—Para ver la casa familiar —le contesté sin demasiada convicción. Quizá para imaginar la última mirada de mi abuelo en libertad.

—Como quieras, hija, pero vámonos ya.

—Y también quiero ir a Pola de Luna un día de éstos.

—Pues irás tú sola. Yo no te acompaño, desde luego. No se me ha perdido nada por allí.

Ya me ha dicho que no me lo piensa contar, pero, por algún motivo que desconozco, Pola de Luna le trae malos recuerdos. Es muy terca y es inútil preguntarle. Volvió a soplar un viento desapacible. Eran las cinco y media de la tarde y ya se habían encendido las farolas. Atravesamos de nuevo la explanada y mi tía se metió apresuradamente en el coche.

No pronunció palabra durante el trayecto. Sólo me pidió que quitase la música. Era un fado y le parecía demasiado triste.

Viver vida sem ter esperança.
Viver morte sem morrer.
Ver muns olhos de criança.
A vontade de crescer.

—¿Sabes si todavía vive alguno de los que mataron al abuelo? —le pregunté a bocajarro.

—Que yo sepa, sólo el delator, al que le fueron las monjas con el chivatazo. Era un falangista que trabajaba en la compañía.

—¿En qué compañía?

—En la misma en la que trabajaba el abuelo. En la de los Caminos de Hierro del Norte, ahí abajo, en la estación...

—¿Le conoces?

—Sólo de vista. Es un cabrón. Por cierto, era muy amigo del padre de Rodrigo. Se llama Valeriano del

Valle y, según contaban, también estuvo en el pelotón de fusilamiento. Tiene cáncer. Se está muriendo. El otro día me encontré a Agustina y me lo dijo.

9

En aquella tarde fría y solitaria me senté en el crucero de la plaza a contemplar la fachada de San Marcos. Quedaba poca gente en la calle. Estaba a punto de anochecer y el cielo enrojecía por poniente. Soplaba un viento fresco, pero iba bien abrigada y podía permanecer un buen rato a la intemperie sin pasar frío. Me sentía cómoda con mi bufanda de vicuña color cereza, un enorme jersey de lana gris que casi no dejaba ver la falda larga, muy amplia, y mis cálidas botas negras. Me envolví en la suavidad de la bufanda y, mientras se oía el tañido de las campanas de la iglesia, fui consciente de que no tenía ni idea de cómo empezar a escribir la historia de mi abuelo. Quizá fuera el momento de darme por vencida. Entonces pensé en los versos de Salinas:

Lo que nos queda palpita
en lo mismo que nos damos.
(...)
¡Darte, darte, darnos, darse!
No cerrar nunca las manos.
No se agotarán las dichas,
ni los besos, ni los años,
si no las cierras. ¿No sientes
la gran riqueza de dar?

La vida
nos la ganamos siempre,
entregándome, entregándote.

Al recordarlos, me puse mucho peor. ¿A quién podía entregarme en tan penoso estado? La gente se harta de prestarte el hombro. Te dan un plazo para llorar. El que cada uno estime oportuno, pero no se puede rebasar, porque si lo haces, te abandonan. Un duelo dura un tiempo determinado, no debe prolongarse más allá de lo razonable. ¿Y qué es lo razonable?, me pregunto. Ahora te obligan a superar la tristeza con muchas prisas. Da igual que estés afligida por la muerte de tu padre, una enfermedad, un divorcio, una traición, una infidelidad o porque te den pena los inmigrantes africanos. No se puede estar triste ni entregarse a la desdicha. La gente huirá de ti o te recordará la cantidad de métodos que existen para combatir cualquier clase de fatalidad: medicinas, psicoterapia, consejeros espirituales, gurús, libros de autoayuda, cursillos en vídeo, clases de yoga, balnearios, páginas de Internet... Te conminan a pedir ayuda a un profesional, porque tú sola no eres capaz de salir del agujero. Se convierte casi en un desafío.

Te dicen al principio: «No creas que estás dejada de la mano de Dios. Todo lo contrario. Sólo que los comienzos son duros, muy duros, no te lo negamos. Tu sentir es real, tu problema es real, pero puedes acelerar el proceso de curación. Obliga a tu mente a distraerse. No hay nada peor que estar a solas todo el día con tus pensamientos. No te exijas demasiado, no aguantes más de lo que puedas, no hagas nada que te incomode en exceso y, sobre todo, no estés sola. Usa y abusa de los que te queremos».

Al cabo de un tiempo te apremian: cualquier cosa menos seguir penando. «Oye, querida, no te obsesiones más. Supéralo. Tienes que recuperarte cuanto antes. Se acabó. Pasa página».

Creen que la tristeza o el dolor de una ausencia es una dolencia voluntaria. Juro por lo más querido que no disfruto sufriendo. Me enfurece que traten de resolver las crisis con apoyo sanitario. Siempre he huido del dogmatismo psicoanalítico. Cuando padeces tu personal e intransferible desconsuelo, resulta insoportable que lo clasifiquen dentro de una patología clínica. Imploro que me dejen transitar a mi modo por este camino. Cada duelo es único. Que nadie toque mi alma. ¿Y si necesito más tiempo para vencer el sufrimiento? Desconfío de la ciencia. No puede arreglarlo todo. Mis autores preferidos son más bien calamitosos, y sus libros, también. Siento hacia ellos una gratitud inmensa, porque me acompañan en los días tristes y me ayudan a fortalecer el ánimo. Siempre son dignos de ser releídos. Los escondo y los aparto del resto para que nadie los vea y me sometan a un interrogatorio por las marcas que les voy dejando.

> *Piensa cuánto bien comporta una muerte oportuna, a cuántos ha perjudicado el haber vivido demasiado tiempo (...) El fuego, cuanto más claro brilló, más pronto se extingue... Así también los espíritus cuanto más brillantes, más breves son, pues, cuando no hay lugar para el incremento, el ocaso está próximo.*

Sugestivas palabras de Séneca cuando la nostalgia te oprime el corazón. Desde el silencio y la soledad se entiende mejor esa mezcla de dolor, amor y principios que atesoran los buenos libros. Son auténticas joyas literarias, como *Paradero desconocido*, de Kressmann Taylor, la estremecedora denuncia contra el nazismo. Muy deteriorado por el uso, releo la primera edición de *Pentimento*, los maravillosos recuerdos de Lilian Hellman, y *Las manos de Jacob*, esa preciosa fábula terapéutica de Aldous Huxley y Christopher Isherwood. Hay narraciones autobiográficas, testimoniales, breves, profundas e intensas que actúan como un bálsamo en momentos de vacío, soledad, impotencia y sufrimiento como los que yo tengo. Así me curo las heridas y me alimento el espíritu. No quiero recurrir a profesionales sanitarios o a charlatanes de feria para reconciliarme conmigo misma. Necesito lentitud y sosiego para afrontar este momento inseguro y vacilante de mi vida. No tengo más remedio que enfrentarme a la tragedia, pero no quiero precipitar la huida con atajos espirituales. Sólo así me haré fuerte para no llegar despavorida a la muerte.

Aún me quedan ánimos para pensar en la felicidad, una palabra tan insinuante como imprecisa. Se trata de una reflexión muy sencilla. Hay un nuevo tipo de discriminación que culpabiliza a los que no estamos en plenitud de facultades físicas y psicológicas. Hemos pasado de la felicidad como derecho a la felicidad como imperativo, pero el sueño de la felicidad está siempre amenazado de pesadillas. En esta época se impone estar en buena forma física y mental, tener bien alta la autoestima e incluso un ego robusto y bien alimentado.

Quiero decir que si alguien, durante un encuentro efímero, me hace una pregunta rutinaria sobre mi situación emocional, casi siempre me veo obligada a responder con una contestación igual de rutinaria, como creo que hace la mayoría de la gente: «Estoy bien, muchas gracias». De lo contrario, si el interlocutor no se resiste a ser convencional e insiste en la pregunta: «Pero ¿de verdad estás bien?», no es fácil manifestar sinceramente cuál es mi auténtico y profundo estado de ánimo, porque la mayoría de las veces me veo sometida a un chequeo moral y, sobre todo, a un reproche inconsciente, aunque sea bienintencionado: «Pues ya es hora de que te vayas animando. Tienes que ser optimista». Y esa obligación implícita del «tener que ser» me produce rechazo, porque muchos de estos interrogadores contumaces no me perdonan el menor abatimiento y van diciendo por ahí que soy depresiva o, algo peor, deprimente.

Es imposible ser «positivo» a toda costa y a todas horas, porque la desdicha está presente en la vida real. La naturaleza es implacable y la injusticia y la arbitrariedad nos afecta a todos por igual en cualquier momento de la vida.

Tengo que luchar contra la fatalidad. Lo sé. La vida es una pelea continua contra los conflictos, abandonos, soledades, dolores y enfermedades. De acuerdo. Pero la felicidad personal es casi imposible si no se tiene, de alguna forma, la compañía y la felicidad de los demás. Todos los que me rodean —cada vez desde más lejos— saben que he perdido mi compañía esencial y que los demás están muertos. Así, la tarea de ser feliz es trabajosa, hasta tal punto que casi prefiero entregarme a la desdicha.

Qué penoso recordar el primer mal trago de mi vida. Hoy he vuelto a leer la carta que mi abuelo escribió dos días antes de su fusilamiento y de la que mi madre me habló siendo yo una adolescente. Román Valseca ni siquiera tuvo tiempo de participar en la guerra. Recuerdo, de nuevo, obsesivamente, que durante los meses que estuvo en prisión, mi abuela Ángela y sus dos hijas, Camino y Olvido, se sobresaltaban cada amanecer al oír los disparos de los pelotones de fusilamiento y que cada mañana iban a la puerta de San Marcos para saber si la noche anterior se había cumplido la sentencia. La carta se la entregaron a la familia dos días después y en ella mi abuelo, un hombre honesto y bondadoso, les contaba de una manera hermosa y patética que estaba preparado para morir y les pedía, una vez más, que olvidaran el rencor y la venganza porque él sólo tenía sentimientos de perdón. Está dirigida a mi padre.

León, 16-11-1936

Sr. D. Benjamín Morán

Querido hijo:

En los últimos momentos de mi vida me permito darte el nombre de hijo. Quiere a Camino, que es muy buena. Mira por su madre y por su hermana. Os pido perdón por no haber logrado vuestra felicidad. Yo sólo quise ser fiel a mis ideas, pero nunca hice mal a nadie. No entiendo el odio con el que me han tratado. A estas alturas de la vida, cuando sabes que vas a morir, lo único que quieres es estar en paz contigo mismo. Yo lo estoy.

Mi única pena es no volver a veros. Ésa es la mayor crueldad, irme de este mundo sin poder besar a mi amada esposa y a mis hijas. No quiero que alberguéis jamás odio, rencor o deseos de venganza en vuestros corazones. Olvidad a mis verdugos. Ojalá algún día se haga justicia y España vuelva a vivir en paz.

Esta tarde han leído una lista donde aparece mi nombre. Me van a sacar de esta cárcel camino de la muerte. Espero tener fortaleza para morir con dignidad.

Vuestro para siempre,

Román.

Años más tarde, cuando tomé partido contra los verdugos, mi madre me recordaba siempre la herencia de mi abuelo Román. «El rencor y la venganza, hija mía, sólo sirven para prolongar la injusticia».

Capítulo cinco

Fantasmas en San Marcos

Es el momento de las desapariciones misteriosas. El único modo de no perder el norte es buscando la Estrella Polar, que aparece entre dos brillantes constelaciones: Casiopea y la Osa Mayor. Para orientarse en medio del océano o en la inmensidad del desierto nada mejor que esperar la caída de la noche. El sol nos ciega. La luz de la oscuridad nos ilumina. Contemplando las siete estrellas que forman la Osa Mayor fue consciente del error que cometió al aceptar cualquier compañía con tal de no estar sola. Cada fábula tiene su razón de ser.

1

—¿Qué haces aquí sentada? Vas a resfriarte.

Rodrigo apareció cuando empezaron a caer las primeras gotas de lluvia. Me conmovió. Creí que mi actitud del último día le había ofendido definitivamente.

—Nada, no hago nada —le respondí.

—Vamos dentro. Hace frío y va a empezar a llover Te invito a tomar algo para que entres en calor.

La cafetería del hostal estaba repleta de viejos conocidos de Rodrigo a los que evitó saludar. Me llevó hasta la antigua sala capitular y me pidió que me sentara en uno de los viejos sofás de terciopelo. Me disgustaba ese lugar recargado de piñas colgantes y cabezas de ángeles.

—Las paredes están construidas con roca de Boñar —comentó—. ¿Conoces Boñar?

—Sí —respondí—. Pero ¿sabes lo que me gustaría conocer?

—¿Qué?

—Los túneles y la cripta.

—¿Qué túneles?

—No lo sé, quiero conocer el lugar donde metieron a los presos en la guerra.

—¿A tu abuelo?

—Sí, el sitio donde escribió sus cartas.

—Eran las carboneras y están cerradas. No les gusta exponer esa parte reciente de su historia.

—¿A quiénes no les gusta? —pregunté.

—A los que han rehabilitado el hostal.

Parece que ellos también pretenden olvidar que bajo este lujoso zaguán estaba la cárcel donde se amontonaban los condenados a muerte. Sin embargo, les gusta recordar que en una celda de la torre estuvo encerrado Quevedo en el siglo XVII por escribir una sátira contra el conde-duque de Olivares. Pero no fue ahí donde enfermó de frío, sino en una sala que ya no existe. Los muros estaban tan cerca del río que rezumaban humedad a chorros. «Fui traído en el rigor del invierno, sin capa y sin camisa, (...) enfermo de tres heridas, que con los fríos y la vecindad del río que tengo por cabecera, se me han cancerado. Tiénenme encerrado en una cuadra, pero a pesar de las vueltas de la llave, estoy libre», así lo dejó escrito.

—Ahora, en esa torre occidental que ves ahí —me señaló Rodrigo—, es donde se alojan los Reyes cuando vienen a León.

Me interesaban menos las célebres peripecias de Quevedo que la oscura historia de Rodrigo. ¿Por qué me había dejado conducir mansamente hasta el sofá donde estábamos sentados tan cerca el uno del otro? Empezaba a inquietarme su solicitud.

—Me ha dicho mi tía que conoces a un tal Valeriano del Valle.

—Era amigo de mi padre.

—¿Me lo puedes presentar?

—Está en el hospital. ¿Para qué quieres verle?

—Aparece en la causa contra mi abuelo y me gustaría hacerle algunas preguntas.

—Sé que está muy enfermo.

—No me importa, necesito hablar con él. ¿Te importaría acompañarme al hospital?

—Está bien. Si tanto te importa... Iremos a verle, pero dudo que puedas hablar con él.

—¿Tuvo algo que ver tu padre con esta cárcel? —le pregunté sin la menor consideración.

—¿Qué te han contado?

—Nada.

—¿De verdad que no te han contado nada de mi padre?

—Que era un hombre poco querido —contesté sin pensar.

—Yo le quería.

—Eso no tiene mérito. Tú eres su hijo. Aunque me han dicho que no te pareces en nada a él.

Inclinó la cabeza, se cubrió la cara con las manos y me respondió.

—Quiero que sepas la verdad.

Y entonces me contó una historia llena de tristeza y desolación.

Su padre se quedó huérfano siendo muy niño y a su único hermano le nombraron su tutor para que administrara la parte de la herencia que le correspondía hasta que cumpliese la mayoría de edad. Pertenecía a una familia de latifundistas con muchas propiedades en el pueblo, pero tenían la mala costumbre de trabajar la tierra como si fueran pobres de solemnidad. Se levantaban antes del amanecer para ir al campo y volvían cuando ya era de noche. Así todas las estaciones del año. Como su padre no quería trabajar en el campo, le metieron en un seminario, que era el destino de la mayoría de los chavales de la época. Tampoco resistió aquella vida monacal y decidió negociar con su hermano para que le dejase ir a la ciudad a estudiar en la universidad. El hermano le permitió interrumpir sus estudios religiosos a cambio del grueso de la herencia, pero nunca accedería a sufragarle los gastos de una carrera. O trabajaba en el campo o se quedaba en el seminario, pero nada de irse de señorito a la capital. Su padre prefirió quedarse sin un duro con tal de huir de semejante destino y con el poco dinero que pudo reunir alquiló un cuartucho en una casa de huéspedes y se instaló en León. Quería ser médico o, en su defecto, veterinario, pero su hermano dejó de enviarle dinero y tuvo que ganarse la vida dando clases de latín y matemáticas. El único título que pudo permitirse fue el de agente comercial. Y le decía a su hijo Rodrigo: «Benditas clases de contabilidad, porque gracias a ellas conocí a tu madre».

En efecto, su madre fue una alumna de la que se enamoró locamente y con la que logró casarse. Se llamaba Casilda y se preparaba para llevar las cuentas de la farmacia de su padre, el negocio más floreciente de la ciudad, y con ese objetivo le dio clases el padre de Rodrigo. Tardó mucho tiempo en seducirla, porque era guapa, presumida, ambiciosa y quería prosperar, de manera que lo del agente comercial le parecía poca cosa. Cuentan que tuvo un par de novios acaudalados antes de dignarse a mirar a su padre.

—No hay mal que por bien no venga. Gracias a la guerra, conquisté a tu madre —le repetía a Rodrigo su padre.

Parece que su comportamiento fue considerado heroico por los mandos del ejército vencedor y le concedieron varias condecoraciones por méritos de guerra. Los otros pretendientes tuvieron la desdicha de elegir el bando republicano y, como el abuelo de Rodrigo, el farmacéutico, era un falangista confeso, su hija, que debía de tener complejo de Electra, abandonó a los rojos y se dejó seducir por el agente comercial.

El padre se casó con un uniforme repleto de medallas y, para abreviar el cuento, continuó la carrera militar con la suficiente fortuna como para complacer todos los antojos de su caprichosa esposa pero, a pesar de ello, la mujer nunca llegó a quererle y dicen que le dio mala vida.

En ese punto interrumpí el monólogo para reiterar mi pregunta.

—¿Tuvo algo que ver en aquel momento con la muerte de mi abuelo?

—¿De dónde has sacado esa idea? —me preguntó molesto.

—Es un presentimiento.

—No, por suerte para mí, creo que no.

—¿Lo crees o lo sabes? Dime la verdad, Rodrigo.

Repitió el gesto de cubrirse la cara con las manos. Después se atusó el pelo, se sujetó el cuello, echó la cabeza hacia atrás para aliviar la tensión y continuó el relato.

—Esto es lo que yo sabía de mis padres hasta que murió mi madre, Casilda. El mismo día que la enterramos, mi padre, Remigio Ordóñez, deshecho en lágrimas y roto de dolor, tuvo la valentía de contarme toda la verdad sobre nuestras penosas vidas. Tú eres la primera persona con quien la comparto.

—¿Y por qué yo? Apenas me conoces —le dije intimidada por la responsabilidad de ser elegida como depositaria de su gran secreto.

—Déjame, tengo un presentimiento. Ya te he dicho que necesito hablar contigo.

Y continuó con sus embarazosas confidencias.

—Volvimos tristes y agotados del cementerio. Cuando despedimos a todos, ya a solas, nos sentamos en dos sillas, uno frente al otro, alrededor de la mesa del comedor. «Esa mujer, Casilda, mi esposa, de la que seguiré enamorado lo que me reste de vida, no era tu madre», me soltó mi padre a bocajarro, sin darme tiempo a reaccionar. «Como lo oyes. Ni ella era tu madre, ni yo soy tu padre. Verás, Rodrigo, es una triste historia y, antes de continuar, tengo que pedirte perdón y decirte que a un hijo de mi propia sangre no le hubiera querido más de lo que te quiero a ti. Los numerosos errores que he cometido a lo largo de mi vida han sido todos por amor, pero, a pesar de ello, tengo remordimientos. Mi vida se divide en dos partes. En la primera, todo es limpio y auténtico. No hice nada de lo cual deba avergonzarme ni arrepentirme. Abandoné a mi familia y renuncié a mi fortuna por el deseo de llevar una vida más noble que la de aquellos que sólo querían acumular tierras y más tierras. No les juzgo, pero no les entiendo. Yo tenía otras pretensiones... El segundo acto empieza el día que conocí a Casilda, a la que considerabas tu verdadera madre hasta este momento. Por ella cometí grandes locuras y por complacerla me hubiera tirado desde lo alto de la catedral. No es bueno sentir una pasión desenfrenada. Quiero que me perdones tú antes que Dios, porque lo que te voy a contar puede causarte un daño irreparable, pero no me quiero morir sin descargar mi conciencia. Un hombre tiene que enfrentarse con la verdad aunque le duela. Créeme que lo siento, pero estoy convencido de que acabarás por enterarte y prefiero ser yo quien te lo cuente».

Me estaba muriendo de ansiedad. No podía soportar ni un segundo más tanto misterio.

—Yo le dije a mi padre, al cual, a pesar de todo, siempre consideré mi padre: «Cuéntame lo que me tengas que contar». «No es fácil decirte, hijo mío, que yo no he matado a nadie, aunque me atribuí los fusilamientos para hacer méritos. Me sentía un pobre hombre a los ojos de tu madre y no encontré otro modo de hacerme valer y llamar su atención. ¡Y vaya si fueron eficaces mis mentiras! Me proporcionaron honores y medallas, la esposa que quería y el hijo que, de otro modo, me hubiera sido imposible tener».

—¿Eres hijo único? —pregunté a Rodrigo.

—Creo que sí.

—¿Cómo que lo crees? ¿No sabes si tienes más hermanos o eres hijo único?

—Déjame terminar...

Asistía atónita a una penosa confesión que no estaba segura de querer escuchar. Pero Rodrigo era imparable.

—Necesito tomar algo caliente —le dije para rebajar la tensión.

—Sí, claro, lo había olvidado.

—Algo como... un dry martini —se me antojó de pronto.

—No es una bebida precisamente caliente.

—No me importa. Quiero un dry martini. ¿Qué tal lo harán aquí? —le pregunté.

—Supongo que bien.

Hacía años que no me tomaba un cóctel, y menos con el estómago vacío. Mientras Rodrigo se levantó para llamar a un camarero, le observé caminar, encorvado, arrastrando los pies, como si hubiera envejecido un lustro desde que había iniciado su confesión. Se echó de nuevo una mano a la nuca. Su emoción iba en aumento. Estaba realizando un gran esfuerzo para contarme aquella historia devastadora. Era evidente que algún hilo invisible nos unía; de lo contrario no me hubiera elegido como su confidente. Tal vez por eso la intuición me había llevado a preguntarle si su padre había tenido algo que ver con la cárcel de San Marcos y con la muerte de mi abuelo. A nada me había respondido rotundamente. «No, por suerte para mí, creo que no...». ¿A qué se referiría? En realidad, mi abuelo era el padre de su suegra, algo tenía que ver con su ex mujer y, sobre todo, con sus hijos. Cuando hablaba de la suerte, creo que se refería sólo a mí. Si hubiera sido el delator de mi abuelo, el que dictó la sentencia de muerte, el que disparó el tiro de gracia —si es que lo hubo, porque a algunos les dejaron con vida después del fusilamiento—, en definitiva, el verdugo de mi abuelo Román, creo que no le hablaría nunca más. Sé que no tiene la culpa, que ninguno de nosotros somos culpables de aquella masacre. Pobre Rodrigo, parecía un buen hombre, aunque herido por la historia de un padre atormentado.

Había logrado abstraerme hasta tal punto que, por primera vez, olvidé el motivo inicial de mi estancia en San Marcos. Tuve que recordármelo a mí misma. Estoy aquí sólo porque espero que Lucas se ponga en contacto conmigo y, en segundo término, he venido a recuperar cartas y documentos. Me queda por cumplir la tercera misión: escribir la historia de mi abuelo, que no sé cómo empezar. Lo extraño es que Rodrigo no me preguntase por Lucas, aunque es probable que alguien le hubiera informado de su desaparición. De todos modos, me hubiera disgustado hablar con él de este asunto.

Cuando regresó de pedir las copas en la barra del bar, parecía menos viejo.

—He pedido dos dry martini y unos nicanores de Boñar. Supongo que no es mezcla muy ortodoxa, pero no sé..., se me ocurrió que nos vendrían bien para empapar el alcohol.

—Supones mal —le dije—, me parece una combinación maravillosa.

Le resultaba difícil recuperar el tono de la confesión. No sabía cómo continuar, así que le eché una mano.

—Te pido disculpas por ser tan brusca, pero necesito saber en qué grado participó tu padre en la represión franquista.

—Aunque quisiera, no podría responderte. Ten en cuenta que yo tampoco sé toda la verdad. Es cierto que mi padre, desde el primer día del golpe militar, se puso a las órdenes de las tropas de Franco. Pero estoy seguro de que lo hizo por mi madre, por no enfrentarse con la familia de mi madre. Luego hablaré de eso...

—¿De qué? —le interrumpí tontamente.

—De la historia de mi adopción...

Miró alrededor para comprobar que nadie le estaba escuchando, y continuó el monólogo, bajando aún más el tono de voz, como si se estuviera confesando con un cura.

—Antes, déjame explicarte que mi padre nunca se comportó como era realmente él, sino como los demás querían que fuera. Necesito que comprendas la tragedia de un hombre que intentó siempre cambiar su destino. Mi padre quería ser de otra manera, se fue de su casa y renunció a una fortuna para convertirse en alguien mejor, se enamoró de una mujer que nunca le quiso como él quería, y por culpa de ese amor se convirtió en algo que no le gustaba... Era una persona bondadosa a quien las circunstancias de la vida le obligaron a comportarse como si no lo fuera...

—No creo que haya personas inequívocamente buenas o malas —le dije con mi mejor intención.

—Estás en lo cierto. La bondad y la maldad sólo existen cuando alguien las ejerce. Todos podemos comportarnos de una u otra manera varias veces a lo largo de la vida, del mismo modo que podemos reír y llorar simultáneamente.

No pudo responder a mi pregunta, aunque me dijo que probablemente su padre no participó en las matanzas, porque era muy religioso y, además, le repugnaba la violencia. Parecía convencido de que no había colaborado directamente en el fusilamiento de ningún enemigo. Ganaron los suyos, pero en el fondo él se sintió un derrotado más de aquella maldita guerra.

Lo que le confesó a su hijo Rodrigo el día que enterraron a su mujer es que en aquella época él era muy joven, se sentía un hombre demasiado gris y la guerra le dio la oportunidad de apuntarse una serie de méritos que, de otro modo, no hubiera podido alcanzar. Contra toda lógica decidió atribuirse penosas hazañas que jamás había llevado a cabo.

Le contó que le habían aterrorizado las matanzas que los franquistas habían perpetrado durante los dos primeros meses de la guerra. Cundía el pánico, pues cada día aparecían varios cuerpos flotando en el Bernesga y zanjas llenas de cadáveres en los descampados. Ni siquiera se molestaban en enterrar a los fusilados. También supo que el 25 de julio, una semana después de la sublevación militar, los republicanos quemaron la iglesia de su pueblo con el cura dentro y ocuparon las tierras y la casa de su hermano, al que habían condenado a muerte bajo la acusación de ser «un explotador de la clase obrera».

Remigio Ordóñez intentó ir a ver a su hermano, pero ni siquiera le dio tiempo a ponerse en camino, porque dos días más tarde de tan sangrienta explosión revolucionaria el pueblo cayó en manos de los franquistas, que sacaron de prisión a su hermano y volvieron a dejar las cosas como estaban antes del 18 de julio, excepto la iglesia en ruinas, el cura, que murió en el incendio, y los rojos del pueblo, de los cuales no quedó vivo ni uno. El caso es que Remigio, que no creía ni en unos ni en otros, se presentó en Capitanía General y se atribuyó el dudoso mérito de haber liberado su pueblo y de dar las órdenes oportunas para organizar la matanza de rojos que, previamente, habían encarcelado a su hermano y quemado la iglesia con el párroco dentro. Dijo, al parecer, que se presentaba ante la autoridad competente porque quería que aquel pobre sacerdote fuese declarado mártir de la revolución marxista y que su familia estaba dispuesta a aportar el dinero necesario para la reconstrucción de la iglesia. Eso le valió la primera condecoración por méritos de guerra y su decisivo apoyo a la cruzada.

En pleno caos bélico nadie se tomó la molestia de comprobar si él había sido realmente el protagonista de la hazaña. Se informaron, eso sí, de la quema de la iglesia y de la muerte del cura, y también de que la familia Ordóñez se había encargado personalmente de la posterior represión contra los rojos y de la reconstrucción del templo. Era suficiente. En esa matanza se cargaron a mil quinientos republicanos, casi la tercera parte de sus habitantes.

—No sé si te das cuenta —calcula Rodrigo—. Una hazaña en la que proporcionalmente hubo más muertos que en Paracuellos. Creo que fue el mayor mérito que se atribuyó.

—¿Cómo no hubo ningún testigo que lo desmintiera? —le pregunté.

—En el pueblo nunca supieron que había utilizado el apellido familiar para rellenar su brillante hoja de servicios. Es una pesadilla espantosa, pero hubiera sido peor aún de ser cierta. Te lo cuento tal y como mi padre me lo contó. Así que respondo a tu inquietud: no creo que tuviera nada que ver con San Marcos...

—Es un espanto —dije verdaderamente atónita.

—Mi madre, la pobre, tuvo que rebajar sus expectativas, y la niña bien, en vista de que sus novios fueron derrotados, decidió quedarse con el héroe. Se casaron cuando aún no había terminado la guerra, en diciembre del 38.

Realmente es una historia penosa y deplorable. ¡Qué tristeza! ¡Cuánta ofuscación provoca la violencia! ¿Qué delirio colectivo conduce a un inocente a atribuirse crímenes que no cometió y que semejante hazaña se considere heroísmo? Habrá pocos casos como el suyo. No me hubiera gustado vivir en su piel. ¿Sabría su madre la verdad o también la engañaría a ella? Por lo que insinúa su hijo, esa mujer debía de ser indiferente y fría como un témpano de hielo.

Rodrigo había logrado intrigarme y estaba impaciente por saber cuándo entraba él en escena. Me resultaba incomprensible su admiración desmedida hacia un padre tan atormentado. A mí sólo me producía escalofríos. Temí que fuera capaz de adivinar mis pensamientos y los interrumpí para continuar escuchándole.

—Trataré de abreviar para no hacer interminable mi penosa historia —dijo humildemente—. Mi padre, antes de casarse, ya sabía que una enfermedad que había padecido en su adolescencia le había dejado estéril, aunque se guardó mucho de contárselo a su amada antes de la boda. Ésa fue otra de las confesiones que me hizo aquella noche. De haberlo sabido, mi madre le hubiera rechazado como marido. De modo que dejó pasar el tiempo hasta que su mujer mostró impaciencia. Sucedió enseguida, pues ella quería quedarse embarazada a toda costa antes de rebasar lo que se consideraba entonces la edad adecuada para ser primeriza. Pronto descubrió que mi padre era el culpable de su desolación y comenzaron los conflictos. Y así fue como se le ocurrió la posibilidad de adoptar un hijo para recuperar la ilusión de su esposa.

—¿Cuándo te adoptaron? —pregunté impaciente.

—En el otoño de 1939, bien asentado ya el régimen de Franco, mi padre convenció a mi madre de que sería bueno que simulara estar embarazada y a los nueve meses tener un hijo como si realmente lo hubiera parido. Ella accedió, quizá porque no podía soportar la humillación de contar la verdad a sus amigas. Nunca habría reconocido que tenía un hijo adoptado porque su marido era incapaz de darle uno de su propia sangre. Y así lo hizo. Los primeros meses fue muy fácil, incluso aprendió a manifestar los síntomas de un embarazo problemático. En las reuniones sociales se mareaba y sentía náuseas, de modo que todos creyeron que su gestación progresaba molesta pero felizmente. Cuando se aproximó el séptimo mes, mi madre dijo que se iba a Salinas, donde mucha gente bien había decidido pasar los tres meses de verano. Y así lo hizo. Permaneció unos días en Salinas, donde se dejó ver con trajes sueltos y una falsa tripa abultada, y para no esforzarse tanto con el fingimiento se fue con mi padre a Madrid, donde pasarían inadvertidos. Dijeron que regresaba de Salinas para tener al niño en su casa de León, de modo que el tiempo del embarazo cuadraba con la imprecisión debida. Nadie iba a contar los meses y los días.

—¿Entonces te adoptaron? —insistí otra vez.

—Espera, quiero contarte algo más. Fue todo tan real que, al cabo de los años, mi padre llegó a creer que su mujer había tenido un auténtico embarazo psicológico. Mientras avanzaba la gestación ficticia, él se dedicó intensamente a la búsqueda de la criatura. No era fácil conseguir un crío en aquellos tiempos, pero mi padre sabía que muchas rojas embarazadas, repito la expresión que él empleaba, cuando lograban huir por la frontera, se refugiaban en los campos de internamiento que los franceses habían preparado para los vencidos. En aquellos penosos campos de concentración las madres estaban hambrientas, derrotadas física y moralmente, y parían a la intemperie, en condiciones muy precarias. Los franceses las trataron mal. Los bebés que superaban el parto se morían de hambre o de frío a los pocos días. Lograron sobrevivir menos del diez por ciento de aquellos niños.

—¿Y tú eres uno de esos supervivientes? —volví a interrumpirle.

—No, te lo cuento porque ése podría haber sido mi destino. He intentado averiguar el paradero de alguno de los que tenían más o menos mi edad. Mi caso fue distinto. Mi padre quería un varón que, desde luego, nadie pudiera reclamar. Se fue a ver al Jefe Nacional de Prisiones, que, al parecer, le debía algún favor, y le pidió los datos que tuviera sobre las mujeres presas en la cárcel de Ventas, donde había, al parecer, más de dos mil de toda procedencia y condición. No tuvieron piedad con los vencidos y menos aún con los que consideraban carne de presidio, aunque fueran mujeres y niños.

—¿Eso pensaba tu padre? —le pregunté asombrada.

—No, eso es lo que pienso yo —respondió Rodrigo—. Dentro de la cárcel, algunas chivatas, a cambio de mejor trato o de vagas promesas de libertad, pasaban información a las funcionarias sobre los contactos y las actividades de las presas. Así se enteró mi padre de que una de las que se encontraban en avanzado estado de gestación estaba completamente sola en este mundo. Cuando le faltaba poco para el parto, la sacaron de la galería de menores para que mi padre la viera. Me contó que se llamaba Raquel, era larguirucha, tenía la cabeza rapada, la cara redonda, los ojos muy grandes y muy negros, llevaba las piernas vendadas por la sarna, todas tenían sarna y piojos, por eso iban rapadas, pero, al margen de la apariencia, le aseguraron que era de las más sanas. Había cumplido los dieciséis años. Le preguntó quién era el padre y dijo que el chico que la había dejado preñada no era su novio, que sólo era un compañero de las Juventudes, que lo habían matado y que por eso habían ido a detenerla a ella, porque antes de morir dio una serie de nombres, entre otros, el suyo. Parecía muy asustada. No había tenido noticias de su familia desde que estaba en la cárcel y le preocupaba qué iba a ser de aquel niño, porque no tenía a nadie con quien dejarlo y se moriría en ese infierno.

—¿Así que ella era tu verdadera madre? ¿Se llamaba Raquel? ¿Sabes algo más de ella? —Realmente me había conmovido.

—Ni siquiera estoy seguro de que ella fuera mi madre. Sólo sé que poco después de aquel encuentro con esa pobre niña llamaron a mi padre para decirle que ya había parido. Las Hermanas de la Caridad se hicieron cargo de mí. Tenía una semana cuando mis padres adoptivos fueron a recogerme al hospicio. A mi madre le contaron que era un niño abandonado y huérfano.

Nunca supo que era el hijo de una presa. Me dijo mi padre que me entregaron limpio, sano y bien aseado, que nací el 7 de agosto de 1940 y fui bautizado diez días después en San Isidoro de León con el nombre de Rodrigo. Cuando cumplí el mes, las propias monjas llamaron a mi padre para decirle que la presa había muerto a los pocos días de parir. No quiso saber nada más.

—¿Por qué tienes dudas de que fuera tu madre?

—Pude ser hijo de una condenada a muerte o de cualquiera de las que fusilaban contra la tapia del cementerio o de las que morían en esa cárcel infecta. En aquel año hubo muchos partos y no sabían qué hacer con tantos recién nacidos. A muchos les enviaban a los hospicios. El caso es que no he encontrado rastro de esa niña de dieciséis años de la que me habló mi padre. Ignoro sus apellidos y ni siquiera sé si será cierto que se llamaba Raquel.

—¿Crees que tienes alguna posibilidad de saber algo?

—Aunque sea absurdo, nunca he perdido del todo la esperanza. No me resigno a que la gente desaparezca sin dejar rastro. No recuerdo quién dijo que la inteligencia de un individuo se mide por la cantidad de incertidumbre que es capaz de soportar. Todavía no sé si soy un genio o un imbécil. ¿Tú crees que podemos hacer algo por los muertos? —me preguntó finalmente.

—Comunicarnos con ellos y pedirles que nos protejan —respondí con extraña convicción—. Si sabes rezar, reza, y si no, que el cielo te ampare, todo es cuestión de fe. ¿Cómo fue la relación con tu padre después de su confesión?

—A partir de entonces le miré con una piedad infinita. Nunca me sentí tan cerca de mi padre. Murió poco después de contarme la verdad. Sabía que estaba enfermo y no quiso llevarse el secreto a la tumba.

Después de una pausa, le pregunté a bocajarro:

—¿Qué le hiciste a mi prima?

—¿Por qué te interesa?

—Simple curiosidad.

—Nos equivocamos, eso es todo.

—¿Tú o ella? —insistí.

—Los dos, quizá yo más que ella. Me ofusqué con su juventud.

—¿Cuánto tiempo estuvisteis juntos?

No sé qué me impulsó a meterme de esa manera tan brusca en su intimidad. Era evidente que mi inesperado interrogatorio le incomodaba.

—Compartimos la misma casa durante muchos años, pero el amor se acabó enseguida —respondió de mala gana.

—¿Hubo otras mujeres durante ese tiempo? —proseguí con mi tercer grado.

—Viajaba mucho. Tenía que comprar antigüedades... En fin, me engañaba más a mí mismo que a ella. Toda mi vida, como te estarás dando cuenta, ha sido un gran engaño. Estaba acostumbrado a convivir con la mentira. Creo que sólo en estos momentos empiezo a salir de mi incertidumbre.

La última frase parecía un aviso. Había sido yo la primera que había traspasado el límite de la intriga y, de manera inconsciente, me había metido de bruces en su intimidad.

—¿Y tú? ¿Cuánto tiempo hace que estás sola?

Era evidente que pretendía poner fin a mi indiscreción. Yo no quería compartir con Rodrigo mi amargura.

—Si no te importa, prefiero no hablar de mis asuntos.

—Está bien. Sé que lo estás pasando mal. Hagamos un trato. No escarbemos más en nuestro pasado, al menos hasta el fin del viaje.

—Te prometo que será la última pregunta. ¿Tu padre supo el daño que causó con sus mentiras?

—No soy quién para juzgarle. Está muerto y le sigo queriendo. Sin él yo no habría sobrevivido.

—¿Mi familia lo sabe? —Me atreví a dar un paso más.

—¿Qué familia? ¿A qué te refieres?

—Si mi tía y mis primas saben la historia de tus padres adoptivos.

—Es un secreto que nunca he querido compartir con nadie. Eres la única persona que lo sabe en este mundo. Ya te lo he dicho.

Me abrumaba semejante complicidad. Después de tanta desolación, comprendí el misterio que me había arrastrado hasta el lugar donde me encontraba. ¿Cuál sería el hilo invisible que nos unía a Rodrigo y a mí? A los dos nos atormentaba la desaparición de nuestros seres queridos. Es probable que permaneciéramos juntos hasta que diésemos con su paradero.

Antes de dormir leí otro poema de Margarit:

Llega el tiempo de no esperar a nadie.
Pasa el amor, fugaz y silencioso
como en la lejanía un tren nocturno.

No queda nadie. Es hora de volver
al desolado reino del absurdo,
a sentirse culpable, al vulgar miedo
de perder lo que estaba, ya, perdido.
Al inútil y sórdido tiempo moral.
Es hora ya de darse por vencido
en el trabajo a solas, otro invierno.
¿Cuántos quedan aún, y qué sentido
tiene esta vida donde te he buscado,
si ya llegó la hora tan temida
de comprobar que nunca has existido?

No es la desolación lo que me tiene absorta, sino el misterioso encuentro de dos almas sin esperanza, propensas a la soledad, que necesitan sentirse conectadas, mirarse mutuamente para reflejar la parte más hermética, recóndita, inexplorada y oscura de sus vidas. Polos opuestos que se entrelazan. Un hombre y una mujer predestinados a encontrarse. Cuando una persona irrumpe con tanta fuerza en tu vida, te obliga a modificar la ruta de tu existencia. Quizá no iba por buen camino. Estoy convencida de que algunos sufrimientos se contagian por ósmosis o a través de hilos invisibles que te conectan con seres distantes. ¿Por qué les consuela intercambiar secretos que dejan de serlo desde el instante en que son compartidos? ¿Quién teje la tela de araña que nos une con criaturas tan extrañas?

La historia de Rodrigo es aún más inquietante que la mía. Busca a una madre que nunca existió. Como en el poema de Margarit. Pienso en la cantidad de seres humanos que ignoran el nombre de quien les parió: huérfanos de recónditos orfelinatos rusos, de madres africanas diezmadas por el sida, de indígenas de Guatemala, de prostitutas sin identidad, de negras pobres de Nueva Orleans... Pienso en todos esos hijos sin raíces que vagan por el mundo.

2

Mi querida Francesca:

Estoy sacando mucho provecho a la lectura de San Juan de la Cruz que me recomendaste con tanta insistencia. Comprendo que su utilidad es intransferible, a cada cual le ayudará a su manera. A mí, concretamente, me hace sentir menos desamparada. Llevo muchas noches meditando con el Cántico espiritual *sobre mi forzada soledad.*

En soledad vivía,
y en soledad ha puesto ya su nido,
y en soledad la guía
a solas su querido,
también en soledad de amor herido.

En mi noche oscura del alma me consuela hasta el punto de que me gustaría cantar salmos, como San Juan de la Cruz, pero he perdido la voz. ¿Crees que deliro? Si lo piensas, dímelo abiertamente. Tal vez no soy consciente de que estoy enloqueciendo. No obstante, te daré una buena noticia. Empiezo a comprender mejor lo que me pasa. No es tan extraño que quiera distanciarme de los amigos de siempre. Quiero estar sola. Gracias a Rodrigo me doy cuenta de que somos muchos los que necesitamos afrontar la vida como yo lo estoy haciendo en estos momentos. No soy un caso raro ni excepcional, probablemente seamos una multitud de seres solitarios los que sufrimos por idénticos motivos. Es una contribución universal que nos facilita el entendimiento y la comprensión del dolor. Mucho me temo que sea una sensación efímera, pero creo que por primera vez tengo conciencia de que todo lo que he vivido tenía un sentido; por primera vez me siento responsable de mi vida y no espero que venga un ángel a resolver mi situación o mis problemas; por primera vez no tengo miedo a estar sola, a quedarme sin trabajo o a estar enferma; por primera vez me siento libre y más capaz que antes. Para lograrlo, en vez de evadirme, necesito profundizar en mi pena. Ojalá aprenda a vivir y alcance en algún momento la sabiduría y la serenidad de mi adorado Lucas.

Perdona que te escriba en este tono, pero me tomo esta libertad porque eres la única persona con la que puedo hablar, escribir o comunicarme con absoluta sinceridad y sin sentido del ridículo. Soy afortunada por tenerte. Pero también te digo que me molestaría mucho abrumarte con mis confidencias espirituales. Si es así, si te abrumo, respóndeme como me merezco. Deja pasar unas horas, si lo necesitas, o incluso un día entero, pero no más, te lo ruego.

Un beso,
Paula.

P.D. ¿Te he dicho que hablar con él me calma los nervios?

Apenas en cinco minutos recibo respuesta de Francesca. Su demostración instantánea de afecto me conmueve. Es un maravilloso privilegio saber que al menos cuento con el talento de una persona sólida y cabal.

Paula, mi niña, lo sabía antes de que tú me lo contaras. Ese hombre te lo ha enviado el cielo, o si lo prefieres, tu encuentro con él ha sido providencial. Llámalo como quieras. No dispongo de todo el tiempo que quisiera para responderte, pero tampoco te puedo dejar con la menor intriga. De modo que entro en el fondo de la cuestión. No tienes que disculparte por el tono. No hay tal tono, y ni siquiera es triste, sino serio. Y aunque fuera triste, tampoco me abrumarías, porque quiero ser esa persona en la que puedas confiar plenamente. No te preocupes por mí. A veces escuchar tus lamentos me resulta doloroso, pero hacen que me sienta útil y digna. Así que no lo dudes jamás, aquí estoy para escucharte. Me honras con tus confidencias porque aprendo de ellas. Nada mejor en tu situación que la soledad y la lucha interior; la evasión y la frivolidad reforzarían el drama. No hagas caso a quien te diga que te distraigas con cualquier cosa. Eres fuerte y doy gracias al cielo (sale otra vez a relucir la divinidad) porque veo que empiezas a remontar el vuelo. Estás creciendo con la desdicha y eso significa que saldrás fortalecida. Es el cántico espiritual que más me gusta escuchar en estos momentos. Como te conozco, te diré que evites la tentación de maltratar a tu enviado celestial.

Tengo que dejarte inmediatamente. En el hospital me espera un enfermo que me necesita con más urgencia que tú.

Te abrazo muy fuerte,

Francesca.

3

La gente iba deprisa, forrada con abrigos de pieles, botas, guantes, bufandas y gorros. Hacía mucho frío esa mañana en la ciudad. Tenía las piernas congeladas, desde la rodilla al tobillo. Al salir de San Marcos dudaba siempre qué itinerario seguir. Prefería caminar junto al río, atravesar los jardines de la Condesa de Sagasta, cruzar Guzmán el Bueno, llegar a Papalaguinda y atajar por Lancia hasta San Francisco. Era el camino más sensato para ir a casa de mi tía Olvido, y aunque el viento era gélido a orillas del río, di marcha atrás con la idea de coger un taxi, y no me arrepentí, porque al caminar deprisa entré en calor.

Mi itinerario preferido me obligaba a dar un enorme rodeo para llegar a San Marcelo y pasar por delante de la Casa de Botines, de Gaudí, donde vivió mi padre cuando era soltero. Me hubiera gustado entrar, pero nunca lo he hecho, porque siempre que he venido a León he tenido un estricto orden de prioridades y nunca he dispuesto del tiempo necesario para llevar a cabo mis planes.

Mi padre guardaba excelentes recuerdos de los tiempos previos a la guerra y presumía de haber vivido en dos lugares emblemáticos: la Casa de Botines, en León, y la Casa de las Flores, del arquitecto Secundino Zuazo, en Madrid, donde debió de correrse las mayores juergas de su vida de tanto como le brillaba la mirada a la hora de relatar sus hazañas. Quizá no fuera exactamente la verdad, porque mi padre fue un gran fabulador, pero nos contaba que en esa casa, antes de la guerra, trató a Pablo Neruda cuando era cónsul de Chile, y también a Federico García Lorca y a Rafael Alberti, porque iban mucho a verle. Me ponía los dientes largos con la interminable lista de famosos ilustres que conoció en sus tiempos de soltero y, probablemente, sea cierto que en alguna ocasión se cruzó con Galdós o los Baroja, tío y sobrino, porque vivían en Argüelles. Es probable que incluso compartieran alguna charla en cualquiera de las tabernas del barrio.

Mi padre, al que sigo adorando, tenía una memoria de elefante y enriquecía mucho su pasado con datos ajenos de enorme interés. Cuando yo era niña, creía, como casi todas las niñas, que mi padre era el hombre más sabio del mundo. Contaba con recursos para resolver cualquier problema: desde fabricar en un segundo cucuruchos de papel para beber agua de la fuente de Lozoya hasta traducir una frase al latín o al alemán. Yo creía que era políglota, porque sabía frases en todos los idiomas, y se lo decía a mis compañeras de clase, que si necesitaban saber cómo se decía cualquier palabra en cualquier idioma yo se lo podía decir, porque en mi casa había diccionarios de todas las lenguas y mi padre los manejaba a la perfección. En aquella época, sin Internet y con una vida cultural mediatizada y una bibliografía diezmada por la censura, el acceso a la información era un lujo de gente privilegiada. Pocos tenían la facilidad de mi padre para saber lo que era necesario en cada instante. Durante mucho tiempo, esa clase de habilidades le convirtieron en un dios ante mis ojos. Cuando descubrí que no era un sabio, le seguí queriendo, con un amor menos reverencial, pero más cercano y más tierno. A medida que cumplo años, me sale por cada poro de la piel su herencia genética y me sorprendo actuando a su imagen y semejanza, como una maniática obsesiva. Confieso que a mi pesar, porque hubiera preferido parecerme a mi madre, que era más equilibrada y, sobre todo, mucho más guapa.

Me gusta caminar anárquicamente por esta ciudad, porque cada rincón aviva mis recuerdos. No hay nada más eficaz que el olor de las calles para recuperar la memoria y situar cada sentimiento en el lugar que le corresponde. Ya sé que recuperar la memoria tiene en estos días muchos detractores, pero es un acto imprescindible para declararnos definitivamente la paz, con los otros y, sobre todo, con nosotros mismos. Todavía me acuerdo del olor a estiércol que empapaba las eras de Pola de Luna. Me gustaría ir con mi tía Olvido, para que me ayude a llamar a cada cosa por su nombre.

Tenía las manos enrojecidas del frío. No sabía dónde ni cuándo había perdido los guantes. A la una en punto llegué a casa de mi tía, llamé al timbre y subí en el ascensor pensando en la manera más persuasiva de pedirle que me acompañara. Apenas me abrió la puerta regresó al sillón situado junto al mirador, donde le gustaba sentarse en los veranos luminosos. Estaba envuelta en una toquilla de lana muy tosca. No tenía buen aspecto, a pesar de que iba, como siempre, pulcramente vestida y peinada.

—¿Estabas durmiendo? —pregunté.

—No, sólo estaba amodorrada. Me he levantado con jaqueca y no tengo ganas de nada.

Era imposible que me acompañase a ningún sitio. Ni siquiera se me ocurrió plantearle el viaje en semejante estado.

—¿Quieres que te traiga algo de la calle?

—¿Qué me vas a traer?

—No sé, tía Olvido, cualquier cosa que necesites o algún capricho que te apetezca.

—Ya no tengo caprichos, hija mía.

Era inevitable que mi mirada recorriese la habitación en busca de cualquier detalle que pudiera sorprenderme y, sobre todo, que diera pie a hilar una conversación sobre el pasado. No obstante, desistí enseguida.

—¿Prefieres que me quede o que me vaya? Dímelo con absoluta confianza.

—Quédate un rato. ¿Dónde vas a ir?

—A la casa de la calle Astorga —le respondí.

—¡Qué perra has cogido con esa casa! —replicó malhumorada—. Por más que mires no te enterarás de nada. Ya está todo dicho.

En ese momento sacó a relucir su proverbial mal carácter. Era evidente que mis preguntas le alteraban el ánimo, o tal vez no quería recordar el dolor de aquellos tiempos, de los que aparentemente hablaba sin emoción.

En la casa de la calle Astorga vivieron mis abuelos, nacieron sus hijas, Camino y Olvido, y fueron felices hasta aquel aciago 7 de agosto en el que unos bárbaros destrozaron la vida de una familia alegre y humilde.

—No me gusta que te vean por ahí con Rodrigo —me soltó de pronto.

En ese momento supe que mis conversaciones con Rodrigo eran el motivo de su malestar. ¿Cómo no me había dado cuenta antes? Me había olvidado de lo chismosa que es la gente en las ciudades pequeñas. Era evidente que mi presencia en San Marcos llamaba la atención y estaban al corriente de mis entradas y salidas.

—Lo siento, tía, pero me está ayudando mucho y...

Me interrumpió con brusquedad y con una energía impropia de una persona dolorida.

—Me parece que no me entiendes. En primer lugar, ese hombre era mi yerno. Abandonó a mi hija. Y en segundo lugar, su padre era un canalla. Pregunta a tus amigos, a los de la Memoria Histórica, o a quien te dé la gana. Todo el mundo le conoce en León y guardan de esa familia un triste recuerdo, porque saben el daño que hicieron en la guerra.

—De todos modos, ¡qué culpa tendrá el hijo de lo que hiciera su padre! —me atreví a replicar.

—El hijo es otro sinvergüenza.

—Está bien, tía Olvido —dije para zanjar la discusión—. No creo que le vuelva a ver.

—Que te cuente tu prima... Y ahora me gustaría descansar. La conversación me da más dolor de cabeza. No te acompaño a la puerta. No me puedo ni mover.

—No te preocupes, tía. Ya me voy.

Le di un par de besos en las mejillas con toda mi ternura. Le dije que comprendía su rechazo y que me perdonara las tonterías que había dicho. Me agarró la mano con fuerza y con cariño y me dijo que echase las cortinas porque prefería estar a oscuras. Y así la dejé; me fui llena de tristeza y de remordimientos por haber irrumpido en su vida y haberla obligado a recordar contra su voluntad.

De regreso a San Marcos entré en una floristería. Encargué para ella una docena de rosas de té y le puse en la tarjeta: «Gracias por tu generosidad, por estar tan viva y tan lúcida. Te quiero. Tu sobrina Paula».

4

El tiempo se agota. En la recepción del hotel me recuerdan que al día siguiente acaba la reserva, aunque no tienen inconveniente en prolongarla. Pregunto con ansiedad si no han dejado algún mensaje y, como es habitual, me dicen que no.

¿A qué espera para llamarme? ¿Cuántos días más tendré que permanecer en el hotel? ¿Cuándo recobraré el ánimo para escribir de nuevo? ¿Por dónde debo comenzar el relato de una historia incompleta, fragmentada y llena de cabos sueltos?

Amplío la reserva otros quince días. Tengo prisa por entrar en mi habitación, tumbarme en la cama y llorar. Ya sólo lloro una vez al día y sin tanta desesperación como al principio. Antes, al ver que Lucas no estaba a mi lado, me dormía y me despertaba llorando desesperadamente. Nunca me había imaginado que pudiera derramar tantas lágrimas en tan poco tiempo. Dicen que el llanto es liberador, pero va dejando huella. También dicen que los disgustos, las penas y los malos ratos aceleran el envejecimiento. Me desnudo ante el espejo y veo que las arrugas me han llegado de golpe, apenas noto el perfil del labio superior, se me han caído los párpados, los ojos están casi cerrados, diminutos, las pestañas quemadas y la piel cuarteada. El cuerpo, deforme y flácido. Soy una ruina. A Lucas no le gustaría verme en un estado tan deplorable. No soporta la desidia.

La noche anterior soñé que mi hermano me ayudaba a buscarle y, al fin, dio con él, pero en el sueño me advertía: «No se te ocurra llamar a Lucas porque no volverá. Déjale. Está muy bien donde está. Nunca podrás convencerle de que vuelva contigo». La pesadilla había sido tan concreta y precisa que me hizo daño.

Hasta el momento no he tenido ánimos para ponerme a escribir. Estoy dolorida todo el día, incluso cuando duermo. Tengo una pena que me deja sin respiración y sin aliento, tan aguda como los dolores de un parto. No se calma con nada. Es inútil pretender superarla con rapidez, porque lleva su tiempo y no hay manera de eludirla. Es una angustia lenta y pertinaz que me debilita inexorablemente.

La noche siguiente tuve otro sueño horrendo. Te me apareciste cuando me iba a morir para acompañarme en ese trance, tal y como me habías prometido. La forma visible de ayudarme era dando una vuelta a la manzana de nuestra casa mientras intentabas convencerme de que morir no es un acto doloroso o traumático, sino más bien placentero. El único requisito es dejarse llevar, no oponer resistencia. Pese a todo, yo me negaba a morir.

¿Por qué nadie se quiere morir?, te preguntaba. «Yo he muerto plácidamente y estoy feliz —me respondías—. Qué lástima no ser capaz de transmitirte mi experiencia. ¿Cómo sería la vida sin que las nuevas generaciones aprendieran lo que nosotros sabemos? Sería una vida extraña... Te sigo queriendo más que a nadie en este mundo». ¿En qué mundo?, te preguntaba, pero ya habías desaparecido.

Paso el triste día completamente sola. Ceno en el restaurante del hotel y me arrepiento. Me deprime rodearme de personas extrañas. En realidad nadie me gusta, sus frases ni sus voces. Las conversaciones son reiterativas. Me aburren.

Regreso a la habitación, contemplo la inmensa cama solitaria y me acuerdo desesperadamente de ti. Es posible que te preocupes por mí de algún modo, pero no lo noto. Me siento desamparada. Mi aparente fortaleza era efímera.

5

Cuando mi madre se puso enferma, le prometí que nos quedaríamos con la casa solariega de Pola de Luna. He querido volver al pueblo donde pasé los veranos de mi infancia para pedirle perdón por la imposibilidad de cumplir mi promesa. La enorme casona de piedra fue la única herencia que pudimos rescatar de la familia de mi padre, pero la volvimos a perder años después. Estaba situada en las afueras del pueblo, en la ladera de la montaña, y se entraba por un camino de tierra enmarcado, según creo recordar, por álamos centenarios. Eran tan altos que vistos desde abajo daba vértigo mirarlos.

Antes de seguir añorando el lugar de mis sueños, debo confesar que me asaltó otra vez el terror a la soledad, a la vergüenza de sentirme observada por gente a la que probablemente le doy pena. Como el primer día que fui sola al cine y se me vino el mundo encima. Con la desventaja de que algún habitante de Pola me preguntaría por mi familia y tendría que dar la respuesta que menos soporto, que no me queda nadie, que me han condenado a esta maldita soledad.

Por eso me arriesgué a pedir a Rodrigo que me acompañara, a pesar de que nuestra presencia en el pueblo no pasaría inadvertida, lo cual era una imprudencia, porque si llegaba a oídos de mi tía Olvido, se pondría furiosa y renegaría de su sobrina para toda la vida. Sin embargo, no tuve más remedio que correr ese riesgo, porque sola no hubiera sido capaz de hacerlo. Rodrigo, generosamente, me respondió que no se le ocurría nada más apetecible que hacer conmigo el viaje. Emprendimos la marcha muy temprano, con el viento helado, a pesar de que el sol empezaba a asomar entre las montañas.

No recuerdo desde cuándo no regreso al edén, pero jamás se borrarán de mi memoria las sensaciones físicas de aquellos tiempos. Colores, aromas y sabores. El verde de las llanuras, el dorado del maíz maduro, las espigas movidas por el viento, cómo iba cambiando el paisaje a medida que transcurrían los meses del año. Nunca he inhalado un perfume más evocador que el olor a estiércol y a ternero de los establos, y el aroma de las natillas con canela, calientes todavía, recién salidas de la lumbre, ni manjar más dulce que las moras de los arbustos de la vera y los arándanos, las frambuesas y las ciruelas que robábamos en la huerta de la loca de Pola, de cuyo nombre no me acuerdo. Lástima que se pierdan en la memoria estos detalles. Tampoco olvido los gritos de los *guajes* y el ruido de los carros de bueyes sobre el empedrado de las calles, porque eran los únicos sonidos que rompían el silencio de las mañanas. Algunas noches tenía miedo del aullido de los lobos y de las formas que adquirían los troncos chamuscados entre las llamas de la chimenea. En torno a ella había cuatro sillones de mimbre donde nos sentábamos los primos cuando no estaban los padres, y frente al fuego contábamos historias terroríficas, a veces tan ciertas como las de los muertos. Todo giraba en torno a las apariciones nocturnas de las almas que abandonan las tumbas del cementerio y vagan en pena por el pueblo, reprochando los malos tratos de sus antiguos vecinos. Hay muchos casos de personas a las que entierran vivas y sacan desesperadas la mano del féretro. Las noches de plenilunio se escuchan sus gritos desgarradores.

El cura, don Marcelo, era el que se llevaba la peor parte del cuento. Se le aparecían los fantasmas más que a nadie y le pegaban unos sustos de muerte, porque el deseo unánime de la gente era que desapareciese de una vez. Se había ganado a pulso el desprecio silencioso del pueblo. Era un cura vociferante que, cuando íbamos a las bodas y a los bautizos, porque a misa en ese pueblo no iba casi nadie, nos amenazaba con las llamas del infierno.

Su muerte fue horrible y aún me sigue dando que pensar. El aborrecible cura era un maltratador de animales y para proteger sus aposentos tenía un enorme mastín famélico, pero muy fiero. Cada vez que ladraba le pegaba latigazos con una soga y al pobre animal se le quedaban las heridas abiertas y llenas de moscas. No nos atrevíamos a acercarnos ni siquiera para echarle un poco de comida. Nadie sabe cómo logró romper las cadenas de hierro la noche que ocurrió el accidente. Cuentan que el mastín se fue derecho a la habitación del cura, abrió la puerta y se lanzó sobre su yugular. Tampoco se logró averiguar por qué el cura estaba en posesión de un arma. Al parecer, dormía con una pistola debajo de la almohada porque tenía algunas cuentas pendientes. El caso es que logró sobrevivir tras dispararle al perro todas las balas de la pistola. Fue tal el estruendo que se despertó todo el pueblo, desde el alcalde hasta el último habitante. Cuando llegaron armados con palos y azadas hasta la iglesia, llamaron al cura y, como no respondía, fueron hasta su alcoba y allí se encontraron con el cuerpo del cura ensangrentado, las paredes salpicadas de vísceras y los restos del perro desparramados a los pies de la cama. Le taponaron la herida y salvó la vida en ese momento, pero quedó sentenciado, porque el perro le contagió la rabia y un par de meses después, bien entrado el otoño, nos contaron que murió de muy mala manera. Se rumoreaba entre los vecinos que algún enemigo del cura tuvo que soltar al perro las cadenas, porque a ese pobre animal no le quedaban fuerzas ni para ladrar. Sin embargo, no fue eso lo que me dio que pensar, sino el acto de justicia o de venganza del animal. Creer que al final todo se paga en esta vida es una vulgaridad de pensamiento y, para colmo, no es cierto.

No recuerdo muerte más violenta que la de aquel cura, aunque hubo otras: la de los mellizos que tenían mi edad y se abrasaron en el incendio de su casa. Todos los amigos fueron a verlos, menos yo. Ir a ver cadáveres era una de las diversiones del verano. Yo nunca metía la cabeza en los féretros como el resto de los niños del pueblo, porque me daba tanto miedo que si veía un muerto, no podía evitar las pesadillas y me quedaba en vela toda la noche. Una vez se me fue la vista y miré a una muerta que estaba en un catafalco, tenía un pañuelo negro alrededor de la cara y un enorme rosario entre las manos. Fue una visión demasiado fugaz como para presumir de haber visto un muerto, pero me perturbó durante un tiempo.

El primer cadáver que vi realmente fue el de un primo de mi padre, que murió en una clínica de la capital y, como querían enterrarlo en su pueblo, le sacaron en ambulancia haciéndole pasar por vivo, supongo que para ahorrarse el dinero del traslado o los trámites burocráticos. Quién sabe por qué lo hicieron. Yo sólo tenía trece años e iba al lado del conductor, que el canalla fue soplándome procacidades a la oreja durante todo el viaje. Le dije: «Cuando se lo cuente a mi padre, te la vas a cargar», pero le importaba un rábano. Hasta intentó meterme mano, pero no dije ni una palabra, porque bastantes problemas teníamos con hacer pasar al muerto por un vivo. En contra de la voluntad de mi madre, me empeñé en acompañar a mi padre en ese trance. Él iba en la parte trasera con el cadáver y la viuda. Mi madre y mi hermano no querían prestarse al fraude ni asistir al entierro. Yo, sin embargo, estaba orgullosa de mi actitud, de solidarizarme con mi padre y de mirar por primera vez a un muerto a la cara sin hacer aspavientos. Me enfadé después, cuando llegamos a la casa familiar, donde quedó instalado el velatorio y todo el pueblo desfiló ante el cadáver expuesto. Me puse furiosa porque no me dejaron permanecer junto a mi padre; él estaba con los hombres, y yo, como era una niña, se supone que tenía que encerrarme en la habitación del muerto con unas plañideras que pegaban enormes alaridos mientras rezaban el rosario. Negarme a participar en esa ceremonia ancestral fue mi primer acto público de rebeldía, creo que a partir de entonces entré de lleno en la adolescencia. Le debí de coger gusto a la subversión porque a raíz de aquella violenta negativa me convertí en una hija indómita, para desgracia de mis adorados padres. Creo recordar que entré en razón cumplidos los veintidós años y no me he sosegado realmente hasta pasados los cuarenta.

—¿Te gustan las tortillas de Remellán? —me preguntó de repente Rodrigo.

—¿De dónde? —respondí sin salir de mi ensimismamiento.

—¡No me digas que no has probado las mejores tortillas de patata del mundo!

—Ah... Las tortillas... Sí, me encantan.

—Pues, vamos a ello. Tendremos que hacer un pequeño desvío, pero merece la pena.

Era una suerte haber encontrado una compañía tan complaciente.

—No te quiero mentir —añadió Rodrigo en un alarde de sinceridad un tanto pueril—. Lo que quiero es pasar por Boñar y comprar unos nicanores. Son mi «magdalena de Proust».

—Me motiva más la tortilla —comenté.

—Es menos delicado.

—A mí no me lo parece —le respondí.

—Bueno, admite que el hojaldre es más *proustiano* que las patatas —insistió Rodrigo.

—No te creas. Para mí, una buena tortilla es tan evocadora como los saltamontes, las lagartijas y las ranas que perseguíamos cuando éramos pequeños.

—Ahora que lo dices, cuando era niño a mí también me fascinaban los saltamontes —dijo para seguirme la corriente—. Comparto tu placer por la tortilla, pero me recuerda más al perro de Pavlov que a la magdalena de Proust.

—Mira, no..., por ahí no paso —le respondí.

—Es que es lo mismo —afirmó de manera tajante—. En realidad, sólo son dos reflejos condicionados.

—Es posible —insistí—, pero hay una gran diferencia: uno te despierta los sueños y el otro las ganas de comer.

Esta última frase me salió tan rotunda que sirvió para zanjar la absurda discusión.

—¿Nos desviamos o no? —me consultó amablemente antes de tomar una decisión.

—Está bien, pasamos por Boñar, compramos los nicanores y nos los comemos de postre, después de la tortilla de Remellán y, en Pola, para rematar la ruta gastronómica, nos tomamos, si nos cabe, un poco de cecina y morcilla con vino de la tierra. ¿Cómo lo ves? —le pregunté muy ufana.

—¡Fantástico...! Eres maravillosa.

La frase me sonó en los oídos como un disparo. Me situó de golpe en el espacio que me corresponde en este mundo tan alejado de las ensoñaciones y del tiempo perdido entre la tortilla y la magdalena. ¿Por qué cometió el error de decirme con tanta dulzura que era maravillosa? Me hubiera gustado escuchar ese cumplido sólo de una persona, y no era Rodrigo precisamente. Sentí que estaba traicionando a Lucas. El viaje era un tremendo error. No bajé la guardia hasta que entramos en Boñar, y entonces, en unos instantes, logré apartar de mis pensamientos la desolación cuando el paisaje me devolvió el sabor a felicidad de la infancia.

Tanto Boñar como Pola de Luna siempre han sido para mí recuerdos perdurables, como las hojas del magnolio, los dulces de mi madre, las castañas asadas en la lumbre, las abarcas de madera que nos calzábamos en las tardes de lluvia, las empinadas camas de caoba con las sábanas frías, las fiestas de gigantes y cabezudos en la ermita de San Roque, los cangrejos del Porma y las truchas del Esla que iba a pescar con mi padre y mi tío Macario, las pipas de calabaza, el cine de verano, los cromos de Ben Hur, los tebeos encuadernados del Capitán Trueno, los bailes de disfraces, las excursiones a la montaña con mi bicicleta y el perro de caza del padre de Emma, la fuente de los romanos donde bebíamos junto a las vacas, el juego del escondite entre los carros de la era...

—¿Te acuerdas del árbol que había en medio de la plaza? —me preguntó Rodrigo saboreando su evocador pastel de hojaldre.

—Claro que me acuerdo, tengo una foto delante de ese árbol.

—Pues hace años que murió. Bueno, en realidad, lo mataron. El caso es que le llegó su hora y sólo dejaron un esqueleto como símbolo del pueblo. Estaba convencido de que era eterno y siempre permanecería en el mismo sitio, en medio de la plaza, junto a la iglesia y el reloj de la torre con el Maragato.

Me quedé absorta contemplando la insólita escultura que formaba el retorcido tronco del árbol muerto.

—¿Tú crees que Proust y Pavlov se conocieron? Se me ocurre que incluso podían estar al corriente de sus respectivas ideas. —Volvió a la carga, con la intención de prolongar la teoría de que la nostalgia no era más que un reflejo condicionado.

—No tengo ni idea —le respondí con voz cansada.

—Creo que eran contemporáneos, sólo que Pavlov fue muy longevo y Proust se murió sin llegar a viejo.

—Si lo sabes, ¿por qué me lo preguntas? —le recriminé.

—Para evitar que te duermas.

—¿Iba dormida?

—Te faltaba poco.

—¿Te molesta que me duerma?

—No, en absoluto, pero me da pena que te pierdas el paisaje. Hace un día tan luminoso...

—No dormía, estaba pensando en cuántos años vivió el gigantesco árbol de la plaza.

—Años no, siglos. Ya existía en el siglo XVI. Así que vivió cuatro siglos como poco.

—¿Por qué dices que lo mataron?

—Le atacó la grafiosis y no lo pudieron curar. ¿Y tú por qué vuelves otra vez al tema del árbol?

—Porque la foto que tengo delante de él me recuerda demasiadas cosas. Mi hermano y mi padre iban a Boñar a jugar a los bolos.

—¿De qué más te acuerdas? —me preguntó interesado.

Ahora me dirá que las cosas no eran como yo las recuerdo, que la fuente no tenía nada que ver con los romanos, que eso era el puente; que no había magnolios, sino álamos, robles y chopos; que confundo unos pueblos con otros. Pero es cierto que conservo esa foto en el gran árbol. No sé cuántos años tendría. Era muy niña, llevaba un traje de baño con tirantes y un enorme lazo blanco en el pelo.

6

La suculenta tortilla de patata me hizo olvidar, una vez más, el objetivo de mi viaje. No obstante, ni los cangrejos del Porma ni las truchas del Esla ni el perro de caza de Emma forman parte de la memoria que vine a recobrar. La dulzura de Rodrigo me condujo instintivamente a los recuerdos liberadores. Caí en la trampa que yo misma me tendí. Me propuse salir lo antes posible. «¿Qué haces aquí? ¿Por qué has venido con este hombre? ¿Qué pretendes recuperar si arrasaron con todo? Olvídate de las casas, las tierras, la herencia a la que tu padre renunció hace cuarenta años; nadie te lo va a devolver. A estas alturas de tu vida, ni siquiera te importa», me repetía a mí misma.

Cuando sufría ataques de melancolía recordando a Natalie Wood y a Warren Beatty en *Esplendor en la hierba,*

Lucas me recitaba el maravilloso poema de William Wordsworth:

Aunque mis ojos
ya no puedan ver ese puro destello
que me deslumbraba.
Aunque ya nada pueda devolver la hora
del esplendor en la hierba,
de la gloria en las flores,
no hay que afligirse.
Porque la belleza
siempre subsiste en el recuerdo.

—Mira, Paula. Esta placa la pusimos hace un par de años.

Rodrigo tenía la habilidad de frenar en seco mis añoranzas. Me sacudía siempre que estaba al borde de un abismo emocional. Una vez más, logró rescatarme de la tercera dimensión y me puso delante de elementos tangibles: el hojaldre, el vino, el empedrado de la plaza, el árbol muerto, la iglesia del siglo XVII, el reloj de la torre y el pequeño monumento construido a unos pasos del pilón. Todos los objetos se podían señalar con el dedo. Ninguna abstracción, nada que fuera impalpable. Era una de las cosas que me sorprendían de Rodrigo, que había encontrado su sitio exacto en la naturaleza y, a pesar de su tortuosa existencia, parecía estar en paz con el universo. En su vida cotidiana quedaban desterrados los sentimientos de culpa del pasado y las incertidumbres del futuro. Sus trabajos en el Foro por la Memoria de León eran sólo pura actividad presente, sin ánimo de venganza, rencor o remordimiento.

—Se la dedicamos a los quince republicanos que fueron asesinados en 1937 en la tapia del cementerio.

—¿Qué es esto de la Agrupación Pozo Grajero? —pregunté mientras leía la placa.

—Un colectivo que se ha creado para recuperar la memoria de los republicanos que fueron arrojados al pozo Grajero. Fuimos al cementerio y pusimos la lápida con el nombre de los asesinados en los pueblos cercanos y un poema de Celaya:

Viajero que en mi tumba
por azar te has detenido,
anota mi nombre y mi apellido,
anota mi ciudad;
di a mis amigos
que aquí estoy enterrado,
pues me extraña
que si lo saben,
ninguno haya venido.

—¿De Celaya?

—Sí, de Celaya. Veo que no te interesa demasiado.

—No está mal... —le respondí—. ¿Sabes una cosa, Rodrigo?

—Dime.

—Me gustaría volver.

—¿No quieres ir a Pola?

—Mejor lo dejamos para otro día.

—Como quieras. ¿He dicho algo que te haya molestado?

—No, por favor, no eres tú... Es que estoy cansada y no quiero acostarme muy tarde. Mañana nos queda lo peor.

Me sugirió que me hiciera una foto en el esqueleto del árbol para guardarla junto a la de mi niñez. Le agradecí la idea y, tras unas cuantas tomas, nos dirigimos sin más dilación al coche para emprender el regreso.

Al abrir el maletero para dejar la cazadora, sacó un paquete y me lo entregó ceremoniosamente.

—Por cierto, se me olvidaba darte un regalo.

—¿Qué es?

—Ábrelo.

Era un libro: *Vida y muerte de la República española,* de Henry Buckley. Se me saltaron las lágrimas. Giré la cara para que no me viera llorar. Apenas pude darle las gracias.

—Es una pequeña joya historiográfica que aparece en las citas de todos los hispanistas británicos. Veo que esta vez he acertado —me dijo, sorprendido por mi emoción.

Me lo quitó de las manos para darme una serie de explicaciones innecesarias.

—Se acaba de reeditar —continuó—. En realidad, lo explica mejor Preston en el prólogo. Buckley era un corresponsal británico que aprendió en las trincheras. Vino a España poco antes de la guerra y fue un periodista de una honestidad inusual en tiempos de violencia, lo cual no le impidió contar la indignación que sintió contra la sublevación de Franco en el 36 y la indiferencia del Gobierno británico, el suyo, ante el sufrimiento del pueblo español. Tanto le dolió aquella injusticia que pensó en alistarse en las Brigadas Internacionales. Era amigo de todos sus colegas: Matthews, Allen, Hemingway... A este último le pone en el lugar que le corresponde, y mira que es difícil situar a un mito en su sitio. Dice Hugh Thomas que se inspiró en él para escribir su obra más famosa sobre la Guerra Civil española. A Buckley le nombraron director de la Agencia Reuters y se quedó para siempre a vivir en España, porque se enamoró de una catalana. Creo que murió en Sitges. Léelo, es un libro magnífico. Escribe muy bien y da una visión sorprendente de algunos personajes históricos. Ojalá todos los periodistas fueran tan poco sectarios como él...

—Conozco bien a Buckley —le interrumpí—. Soy amiga de uno de sus hijos.

Tampoco esta coincidencia me pareció fortuita. Los Buckley eran íntimos amigos de Lucas. Este hombre se estaba empezando a convertir en un elemento perturbador.

—¿Por qué no me has dicho que lo conocías?

—Te lo estoy diciendo ahora.

—¿Por qué me has dejado darte tantas explicaciones?

—No lo sé, pero me gusta cómo has hablado de él.

—¡Vámonos!

Era su primer enfado. Subió al coche y dejó el libro en el asiento trasero.

—No tengo ningún ejemplar de este libro, de verdad, te agradezco mucho el regalo —dije, estirando el brazo hacia atrás para recuperarlo.

Durante un largo trecho enmudeció. El silencio era tan violento que me impedía disfrutar del paisaje.

—¿Puedo poner música? —pregunté, esperando una respuesta seca.

—Sí, nos vendrá bien... ¿Te importa poner esto? —me dijo, mostrándome una carátula de Madeleine Peyroux.

—¡Me encanta! ¿La conoces?

—Sí, la vi en el festival de jazz de Vitoria.

—¡Cómo es posible! —exclamé asombrada—. ¡Yo también la vi allí!

—Hemos coincidido en algún lugar del pasado, como coincidimos en este momento —musitó—, y quizá estemos destinados a coincidir en el futuro.

Me inquietaban tantas coincidencias. En alguna parte del cerebro almacenamos conocimientos propios o experiencias vitales ajenas que permanecen en letargo para dejar hueco a lo inmediato. Esos saberes ocultos salen a flote cuando menos te lo esperas. Los compromisos emocionales que establecemos con otras personas se transforman en energía acumulada dentro del cerebro. Por eso hay instantes en los que un sueño, una frase, una imagen, en definitiva, el sabor de la magdalena, nos produce una emoción indefinible o, como en esta ocasión, dolorosa y punzante. Es como el chispazo de una bombilla que se funde y lo ilumina todo, pero la luz se desvanece cuando intentamos retenerla.

Una vez más, quise huir de Rodrigo. Entonamos las canciones de Madeleine Peyroux para sentirnos acompañados el resto del camino. Aún nos quedaba un asunto pendiente: Rodrigo había prometido llevarme al hospital donde estaba el verdugo de mi abuelo.

7

Fue difícil convencer a Rodrigo de que no se bajara del coche y me dejase, sin más, en la puerta del hotel.

Quería librarme de él lo antes posible. Había sido un viaje demasiado intenso, lleno de insinuantes señales corporales y extrañas coincidencias. Sentía sus ojos permanentemente clavados en mi cara, invadiendo mi territorio, interfiriendo mi espacio físico. Exhausta de la tensión que había mantenido durante todo el trayecto, tenía la nuca y los hombros completamente rígidos. Había interrumpido sus planes. Es cierto que por mi culpa el itinerario quedó incompleto, pero necesitaba perderle de vista para pensar a solas.

Los alrededores de San Marcos estaban llenos de policías, guardaespaldas y coches oficiales que se detenían ante la puerta para depositar a los ilustres huéspedes. La inesperada aglomeración iba a facilitar mi deseo. Dejaron pasar el coche de Rodrigo cuando dijo que estábamos alojados en el hotel, pero le impidieron que se detuviera más de treinta segundos, así que aproveché la ocasión para bajarme rápidamente y despedirme con prisas.

—Mañana hablamos, Rodrigo. Gracias por todo.

Entré en el hotel sin volver la cabeza. Al fin, libre, me dirigí a recepción con más esperanza que en otras ocasiones.

—¿Han dejado algún sobre a mi nombre? —pregunté con ansiedad.

—No, señora, no tiene nada —me respondieron con la monotonía de siempre.

—¿Por qué hay tanta seguridad? —pregunté.

—Han venido varios ministros del Gobierno.

—¿Me puede conseguir los periódicos de hoy?

—Sí, señora.

En la portada del *Diario de León* aparecía el siguiente titular: «La ARMH exigirá que se reconozca la cárcel franquista de San Marcos. Las reivindicaciones incluyen un verdadero compromiso con los represaliados». Periódico en mano, subí corriendo hacia mi habitación, consciente del peligro que me acechaba. Rodrigo podía aparecer en cualquier momento, es más, probablemente asistiría a alguna de esas reuniones. Formaba parte de la Comisión de la Memoria Histórica y si no había participado en el encuentro, había sido sólo por acompañarme en el viaje. Su generosidad hacía que me sintiera peor todavía, pero no quería verle. Cuando por fin acerté a abrir la puerta de la habitación, descargué sobre la cama todo lo que llevaba encima y me lancé hacia el teléfono.

—Anulen todas las llamadas, por favor. Que nadie me moleste.

Enseguida me di cuenta del error. ¿Y si me llamaba Lucas? ¿Y si precisamente elegía ese momento para ponerse en contacto conmigo? No, no podía tener tan mala suerte. Debía arriesgarme, porque no podía soportar escuchar a Rodrigo diciendo que no le había dado tiempo a despedirse y que estaba en el bar tomando una copa, que si quería acompañarle un rato, que tenía una reunión allí mismo con alguien de la comisión, que... La copa me la tomaría yo sola, antes del baño de agua caliente, con el Orfidal, el sonido de fondo de la televisión y la lectura del periódico, que venía cargado de información de la ARMH, la Asociación para la Recuperación de la Memoria Histórica: exhumación de los cadáveres de los fusilados, la comisión encargada de reparar los agravios cometidos con los republicanos que fueron encarcelados, fusilados y represaliados por la dictadura...

Todo me concernía. Era cierto lo que me había contado Rodrigo. Estaban preparando una relación de víctimas para elaborar un informe sobre la situación actual de los supervivientes de la represión para rehabilitar moral y jurídicamente a los afectados. Iban a reunirse al día siguiente con organizaciones de familiares de desaparecidos, ex presos políticos y guerrilleros, para conocer las ayudas recibidas hasta el momento, inexistentes en la mayoría de los casos, y presentar al Gobierno actual sus reclamaciones. Me enteré de que éramos cerca de veinte mil los descendientes de leoneses que fueron sometidos a juicios sumarísimos y que pretendían escuchar a todos con el fin de que participaran en los trabajos. Se intentaban anular, a estas alturas, los procesos abiertos por los tribunales militares y los que surgieron posteriormente al aplicar la Ley de Responsabilidades Políticas contra los detractores del régimen de Franco. Ahí estaba el nombre de mi abuelo, juzgado por agente izquierdista y mala conducta por negar su adhesión al Movimiento Nacional, en el expediente del Delegado para la Depuración, del Jefe de Servicio de Acopios y de todos aquellos malditos directivos de la Compañía de los Caminos de Hierro del Norte de España. Otra aberración jurídica.

En el cementerio de León aparecen registradas 1.409 víctimas por aplicación de juicios sumarísimos o de asesinatos aún más irregulares, es decir, los llamados paseos, la mayoría procedentes de San Marcos, el lugar donde me encuentro en estos momentos y que me acelera los latidos del corazón. Si continúo leyendo el periódico, tendré que tomarme otro whisky. La asociación reclama que la cárcel de San Marcos y el resto de los campos de concentración —está bien que los llamen por su nombre— y espacios públicos construidos por presos republicanos se recuerden con placas o monumentos.

Han tenido que transcurrir setenta años para recuperar estos fragmentos de memoria. Me queda poco que añadir, excepto que la guerra, como bien dicen, la ganaron los que no tuvieron piedad. Los que carecemos de deseos de venganza tenemos más necesidad de justicia y, sin embargo, sería incapaz de cambiar una sola piedra de cualquier lugar si ese acto simbólico encendiera aún más los ánimos de los necios sectarios o de los desaprensivos que quieren hurgar en la herida. Las ánimas de nuestros abuelos, fusilados o desaparecidos, no nos perdonarían la imprudencia de echar más leña al fuego por una placa de más o una lápida de menos. Es mentira que las palabras se las lleve el viento. La razón es como la bondad: sólo existe cuando alguien la ejerce.

¡Pobre Rodrigo! No debería responsabilizarle de mi confusión. Espero que me acompañe en el último tramo del camino. Mañana, si me despierto, le pediré disculpas una vez más.

8

En la habitación número 117 de la clínica me encontré a un pobre anciano en fase terminal al que le salían tubos de diversas partes del cuerpo.

—¡Valeriano! —le grité.

Tenía los ojos cerrados y no se inmutó cuando pronuncié su nombre.

—¡Vámonos! —me ordenó Rodrigo, que, generosamente, no había querido dejarme sola con el exorcismo.

—Espera. Quiero que abra los ojos.

—¿No te das cuenta de que está agonizando? —insistió Rodrigo, tirándome del brazo para alejarme de allí.

—Tengo que decirle algo.

—No seas terca, Paula, se está muriendo.

—Quiero preguntarle por qué lo hizo, qué le impulsó a llevar al paredón a un hombre inocente como mi abuelo. Quiero saber si ha sentido remordimientos durante su larga y maldita vida.

—Ten un poco de piedad —me pidió Rodrigo—. A estas alturas no te va a dar motivos que justifiquen tu rencor.

—¡Claro que siento piedad por este despreciable sujeto! Sólo me gustaría que se arrepintiera del daño que ha hecho a tantas familias como la mía. No le guardo rencor, Rodrigo, te aseguro que no le odio, pero tengo derecho a saber.

—Razona —dijo con energía—. ¡Vámonos!

Nunca he soportado la longevidad de esos nonagenarios egoístas que se aferran como garrapatas a este mundo sin que nadie se lo pida, mientras otros, los mejores o los más necesarios, mueren prematuramente. Estos viejos desalmados viven sin necesidad cuando ya nadie les echa en falta en este mundo, cuando es preciso que dejen un hueco a quienes se lo merecen más. Pero ahí siguen, delatores, asesinos, verdugos, tiranos y dictadores ególatras, como si la enfermedad no fuera con ellos. La vida no está hecha para entenderla, me recordaba siempre Lucas, sino para asumirla. Quién sabe si, a veces, es mejor irse a tiempo de este mundo.

Cuando vi a aquel pobre residuo humano postrado en la cama del hospital, con la cabeza llena de cables, me vino a la mente la patética imagen de Franco. Poco después de firmar sus últimas sentencias de muerte —recuerdo bien los rostros de los fusilados en Hoyo de Manzanares— murió de una manera más cruel y deshonrosa que sus víctimas, rodeado de la indiferencia de su propia familia, uno de cuyos miembros cometió la infamia de fotografiar su atormentada agonía y vender el material en exclusiva a una revista por una mediocre cantidad de dinero.

Para las víctimas colaterales de su dictadura, aunque seamos víctimas de tercera generación como es mi caso, es un sortilegio reparador repasar el oprobio de ciertos episodios. ¡Cuántas vilezas cometieron para trepar a la cima de la montaña de estiércol en la que se convirtió su paso por la historia! Las personas de su catadura moral no tuvieron ocasión de transmitir un fugaz resplandor en cualquier instante de esa vida rodeada de una corte de personajes sórdidos, amedrentados, pusilánimes, trepas y traidores.

Es difícil ser ecuánime cuando me viene a la memoria la amargura de mi madre cada vez que algo le recordaba su padecimiento; un himno de guerra, la cruz de hierro, la voz aflautada de aquel hombre bajito, repleto de medallas, a quien consideraba culpable de su desdicha. No se puede mirar a un tirano con la distancia de un entomólogo. Sin embargo, celebro que los prejuicios y la parcialidad no me hayan dejado el poso amargo del resentimiento más allá de estos breves instantes de dolor.

Dictar sentencias de muerte sin que a uno le tiemble el pulso, con la impasibilidad que relatan algunos testigos, es un acto más inhumano que un crimen. ¡Qué tristeza de vida! Así como un buen final es probable que purifique parte de un pasado turbio, una vida que acaba pavorosamente es un completo fracaso.

Ese pobre hombre, el delator o el asesino de mi abuelo, tuvo una muerte horrenda cuyos detalles no quiero describir. No obstante, me dio lástima. Tampoco celebré con un brindis la muerte de Franco. Me estremeció ser testigo de la desaparición del hombre que causó tanto daño, hasta que, al cabo del tiempo, comprobé que con él no se extinguía la maldad de este mundo. Y entonces comprendí el mensaje de mi abuelo y de mi madre: la venganza sólo sirve para prolongar la injusticia. El mal ya está hecho, que nadie lo multiplique ni lo extienda.

Admito lo fácil que es confundir la falta de prejuicios con la falta de escrúpulos, la generosidad con la ligereza, la comprensión con la indiferencia, pero más penoso aún es tolerar la venganza. Es aterrador contemplar a un ser humano, por muy malvado que haya sido en la plenitud de su vida, cuando se encuentra completamente solo y aniquilado por la enfermedad. Un malhechor debe reparar el mal, pero si no tuvo un juicio justo, quizá lo tenga en otro lugar, si es que existe un lugar donde se haga justicia. ¿Qué sentido tiene torturar a un despojo humano? ¿Añadir más dolor a su agonía cuando ya no representa ningún riesgo para la humanidad? Los que creen en la venganza como escarmiento son los mismos que defienden la pena de muerte.

¿De qué sirve alimentar el odio? No merece la pena mostrarle la sentencia de muerte de Román Valseca que él mismo firmó. «Mira, desgraciado —le diría—, mira lo que hiciste con mi abuelo... Mira lo que sufrió mi madre por tu culpa, mira mi propio sufrimiento. Eres un asesino. A pesar de que no dejaste vivir a los demás, muérete en paz con tu soledad y tus malos recuerdos». De nada sirve multiplicar su dolor. Tengo los mismos pensamientos recurrentes que cuando se murió el cura del pueblo contagiado por la rabia del perro al que maltrató. Ni siquiera es cierto que los errores terminen por pagarse en esta vida.

Rodrigo interrumpió mis cavilaciones y me sacó de allí. Más tarde me contaron que la terrible agonía del viejo duró once días más. Murió en la más absoluta soledad y nadie se interesó por el cadáver. A nadie le deseo una partida tan cruel, ni siquiera al verdugo de mi abuelo.

—Necesito tomar algo, por favor, acompáñame —me suplicó Rodrigo en la puerta de la clínica.

Un poco de alcohol no me vendría mal, sobre todo si era capaz de diluir el pésimo efecto provocado por la tétrica imagen del viejo moribundo. A Rodrigo le había trastornado el alma y a mí me había desgarrado las entrañas. Nos metimos en el lugar más cercano, una de esas cafeterías provincianas donde los clientes fijan su mirada en todo aquel que atraviesa la puerta y especialmente si se trata, como en este caso, de una forastera. ¿Seguirán empleando esa expresión? Nos observaron escrupulosamente, de la cabeza a los pies, y noté en la nuca un gesto de reprobación. No tiene nada de particular, pues lo suelo notar siempre que entro a disgusto en un lugar tan desapacible como en el que nos encontrábamos. Cuando íbamos por la tercera caña y la tercera tapa de canapés rancios y revenidos, a Rodrigo le entró una locuacidad inusitada.

—Si quieres ver cómo se ríe Dios, cuéntale tus planes —sentenció de pronto—. ¡Quién me iba a decir a mí que reviviría contigo mis peores pesadillas! Nunca se sabe lo que a uno le va a caer en suerte o en desgracia. Llevamos una pequeña bomba de relojería dentro y, de repente, nos hace saltar por los aires.

No esperaba respuestas. Sólo pretendía seguir hablando de los motivos por los cuales ponía tanto empeño en reconstruir los hechos y la memoria antes de perderla definitivamente. No quería morir sin acabar su modesto objetivo en esta vida. No recuerdo cuál me dijo que era, pero tenía algo que ver con el mío. Más que encontrar a nuestros desaparecidos, nuestra misión era hacernos dignos de ellos. Y acto seguido se dedicó a maldecir aquella guerra bárbara y miserable, como todas las guerras, peor aún al convertirse en tan atroz enfrentamiento civil.

—Porque las cosas fueron tal y como se han contado en ambos bandos, no creas, Paula, que las víctimas eran sólo los tuyos o los nuestros o como quieras llamarlos. Yo también conozco a mucha gente resentida que delataba para resarcirse de pequeños agravios, por celos de una mujer, una deuda de juego o cualquier rencilla vecinal. Lo sé. Así se cargaron a un montón de inocentes de uno y otro bando. Poco hemos progresado si a estas alturas no tenemos un método más eficaz y, sobre todo, más justo, para acabar con los tiranos. Pronto hará setenta años que comenzó el espanto por el que aún estamos penando. ¿Crees que algún hijo de los iraquíes reventados en las calles de Bagdad perdonará a los verdugos de su padre? Es muy distinto que lo mate un enemigo desconocido que un vecino cercano. Nada hay más execrable que una guerra civil como la nuestra. Ya sé que no la vivimos, pero la llevo grabada en mi cerebro, por eso no soporto las películas sobre la posguerra y, menos aún, las que aciertan a recrear el ambiente mezquino alumbrado por las lámparas de carburo, el gasógeno, los tranvías abarrotados, la roña del estraperlo y los estraperlistas, la sarna, los piojos, las toses de los desarrapados, las medias de cristal con costura de las meretrices, los huéspedes, las pensiones, el brasero bajo la mesa camilla, los seriales de la radio, la copla, el olor a guiso rancio... Detesto esa colección de imágenes color ceniza. Cuanto más realista es una película, más me duele, aunque nosotros no tuviéramos cartilla de racionamiento ni hayamos probado jamás el pan negro. Estamos juntos, aquí, en este preciso momento, porque ninguno de los dos hemos querido olvidar. Necesitamos saber cuál es nuestro destino y el de aquellos que nos precedieron, y tenemos el deber de respetar la palabra dada a nuestros muertos.

Probablemente estaba hablando en un tono demasiado alto, porque la gente de las otras mesas no dejaba de mirarnos. No le conocía lo bastante como para saber si le daban con frecuencia estos arrebatos. Durante su vehemente monólogo me limité a hacer gestos de asentimiento con la cabeza, pero él no me miraba y hubiera seguido hablando más tiempo de no haberle interrumpido.

—Hay mucho ruido en este sitio.

—¿Nos vamos a otro? —me preguntó.

—Te lo agradezco, pero estoy agotada. Quiero irme al hotel: ha sido un día demasiado vertiginoso.

El camarero tardaba en cobrarnos. Me sentía cada vez más impaciente. Quería de nuevo huir de él. Necesitaba comprender por qué me estaba desviando tanto del camino trazado cuando llegué a León con el único propósito de recuperar las cartas y esperar la llamada prometida. ¿Qué hacía en ese horrible lugar con un desconocido empeñado en soltarme aquella soflama antibélica? Era un buen hombre, no lo niego, pero no quería estar allí. Lástima que no me atreviera a salir corriendo, era lo único que me apetecía.

Cuando, al fin, me dejó en el hotel, subí a mi habitación sin detenerme a preguntar si me habían dejado algún recado. La luz roja del teléfono estaba encendida. Tenía un mensaje. Me precipité a escucharlo conteniendo la respiración. «Paula, llámame cuando vuelvas de Pola». Una vez más me había equivocado. Era la voz de mi tía Olvido, y malditas las ganas que tenía de llamarla. Seguro que algún alma caritativa le había informado puntualmente de mis salidas y entradas en el hotel. No quería darle más explicaciones.

Me quité las botas y me tumbé en la cama con el mando a distancia. Hice un barrido rápido por todas las cadenas de televisión y me quedé atrapada en el anuncio del calvo silencioso de la Lotería de Navidad. Las mejores campañas publicitarias que recuerdo suelen ser invernales, cuando nos llenan de mensajes bienintencionados que transmiten ilusión y esperanza. «Que la suerte te acompañe», dice la voz en *off*. «No sabes la falta que me hace», respondí al calvo. Menos mal que la camarera de la habitación me reponía puntualmente las pequeñas botellas de whisky, pero esa noche había decidido darle al champán y me disponía a sacar el corcho cuando llamaron a la puerta. No entiendo la condenada costumbre que tienen en los hoteles de no poner mirillas en las puertas y obligarte a gritar.

—¿Quién es? —grité malhumorada mientras giraba el picaporte.

—Ábreme, Paula, por favor, soy Rodrigo.

Idiota de mí, primero le abrí la puerta y luego le pregunté qué quería.

—Perdona este asalto, pero necesito hablar contigo un momento.

Estaba desconcertada. No supe decirle que no y le invité a pasar.

—¿Puedo sentarme?

Sin salir de mi sorpresa, le dije que sí.

—¿Esperas a alguien?

Me descolocó aún más la pregunta.

—¿Por qué?

—Porque veo que acabas de abrir una botella de champán...

—¿Qué quieres, Rodrigo? —le pregunté de nuevo.

—Quiero hablarte del hombre que acabamos de ver. ¿Sabes que era amigo de mi padre?

—Sí, ya me lo has dicho.

—Quería pedirte perdón.

—¿Por qué?

—Porque en cierto modo tenías razón: mi padre sí tuvo algo que ver con el fusilamiento de tu abuelo.

Le brillaban los ojos y tenía las pupilas dilatadas. Estaba visiblemente alterado. Es probable que antes de decidirse a llamarme hubiera bebido más whisky.

—¿En qué sentido? —pregunté con el corazón encogido, dispuesta a escuchar una atrocidad.

—Mi padre fue testigo en ese juicio —me respondió con severidad.

Noté cómo la sangre me golpeaba en la cabeza. Estaba enfurecida con él, no por ser hijo adoptivo de ese nefasto padre, sino por hacer de su confesión un lamento interminable.

—Prefiero hablar de este asunto otro día. Esta historia me supera. No tengo ánimos para seguir hablando de la guerra.

—Necesito que me perdones.

—No tengo nada que perdonarte —le repliqué—. Los hijos no somos responsables del comportamiento de nuestros padres y ellos tampoco del nuestro.

—Te lo suplico, perdóname.

—¡No me pidas perdón! —le grité—. Ahora entiendo por qué mi tía Olvido te detesta.

—Nunca me quiso —me respondió sollozando—. Tu tía Olvido se llevó una inmensa alegría cuando tu prima y yo nos separamos.

—Las madres tienen un sexto sentido para saber lo que no les conviene a sus hijas —repliqué con crueldad.

Avanzó unos pasos hasta la ventana y ocultó la cara entre los visillos para secarse disimuladamente las lágrimas. Conmovida, me acerqué con la intención de calmarle.

—Estamos los dos muy alterados —le dije con suavidad, al tiempo que ponía mi mano en su hombro—. Será mejor que dejemos esta conversación.

Se dio la vuelta, me sujetó la mano y me miró intensamente.

—Sé lo mal que lo estás pasando —añadió, sujetándome la otra mano—. Quiero ayudarte.

—No quiero tu ayuda —respondí nerviosa mientras intentaba que me soltara las manos—. No puedes ayudarme.

—Los dos estamos muy desamparados.

Dicho esto, se arrodilló ante mí, me rodeó la cadera con los brazos, sin soltarme las manos, y hundió su cara en mi vientre mientras susurraba entre lágrimas:

—Eres maravillosa. ¡Déjame quererte, te lo suplico, déjame quererte...!

Me dio un asco infinito y, loca de furia, le escupí en la cara después de gritarle.

—¡Déjame en paz, hijo de puta! ¡Suéltame!

Afortunadamente, me soltó.

—¡Perdóname, te lo ruego! —repitió por tercera vez—. Estoy muy alterado. Te juro que ya me voy. Perdón, perdón...

Se alejó de mí y desde la puerta me dijo solemnemente:

—No volveré a molestarte. Si me necesitas, ya sabes dónde estoy.

Me quedé mirándole unos instantes. Continuaba enfurecida. No entendía lo que me estaba sucediendo, por qué había irrumpido este hombre en mi vida de un modo tan atormentado. Me juré a mí misma no volver a verle jamás. Esta vez sí: quería perderle de vista definitivamente.

9

Mi primer reproche fue para Francesca: «¿No decías que era un enviado del cielo? —escribí rabiosa—. Pues ha resultado ser un canalla y un vulgar acosador». No eran horas de despertarla, así que me limité a volcar mi furia en la pantalla del ordenador.

Antes de continuar, también como caído del cielo, llegó un correo electrónico suyo que decía lo siguiente:

Mi desafecta Paula:

Hace días que no sé nada de ti (esta frase la empleabas siempre tú). Dime dónde y cómo estás en estos momentos. ¿Te apetece hablar conmigo o prefieres perderme de vista durante un tiempo? Mientras llega tu respuesta te contaré que estoy leyendo un bellísimo libro sobre Nehru. Nunca había pensado leer nada de él, pero después del viaje a la India sentí curiosidad. He traducido, apresuradamente, un párrafo de gran belleza, porque al leerlo me viniste tú al pensamiento y supongo que, de algún modo, te afecta.

«Hay en el pasado algo quieto y perdurable, no cambiante, un no sé qué de eternidad, como una pintura o una estatua de bronce o de mármol. No le afectan las

tempestades y sobresaltos del presente. Mantiene su dignidad y su reposo. El espíritu turbado y atormentado siente la tentación de refugiarse en sus abovedadas catacumbas. Hay en ellas paz y seguridad y hasta cabe percibir algo espiritual en su interior. Pero no se trata de vida, a menos que encontremos los lazos vitales que ligan al pasado con el presente y todos sus conflictos y problemas. Es una especie de arte por el arte, sin la pasión y el afán de actuar, que son la misma esencia de la vida. Sin esta pasión y este afán hay una gradual exudación de la esperanza y la vitalidad, un posarse en los niveles inferiores de la existencia, un lento desvanecimiento de lo inexistente. El pasado nos hace sus prisioneros y nos infunde algo de su inmovilidad. Sin embargo, el pasado está siempre con nosotros y todo lo que somos y tenemos viene del pasado. Somos sus productos y vivimos sumergidos en él. No comprenderlo equivale a no comprender el presente».

Me parece de lo más oportuno. Estoy convencida de que tu presente está a la vuelta de la esquina.

Te quiero y estoy impaciente por saber cómo van tus relaciones con el enviado celestial,

Francesca.

Sería mejor no compartir con ella mi cólera. Decidí no responderle de momento. Me habría gustado contarle a Charly lo que me estaba sucediendo, pero no me encontraba con ánimos para ponerle en antecedentes. Sentí un deseo fugaz de llamar a mi tía Olvido para confirmarle lo canalla y sinvergüenza que, en efecto, era el tal Rodrigo y toda su maldita familia. No podía contárselo a nadie más, así que me reprimí y logré calmar mis nervios.

El violento final de mi impetuoso y fugaz tropiezo con Rodrigo me trajo a la memoria muchos actos desagradables que había vivido, sobre todo cuando era joven y conocí a tantos tipos deshonestos, traidores, obsesos, tramposos y embusteros.

Tampoco podía dejar de pensar en las carboneras y en los sótanos de San Marcos. Tal vez debajo de mi habitación estuviera la mazmorra donde torturaron a mi abuelo. Podía imaginarme el lugar tal y como él lo había descrito en la penosa carta que guardo provisionalmente en el cajón de un escritorio que ni siquiera me pertenece.

Tal vez las cosas funcionasen mejor si supiéramos a qué atenernos. Saber, por ejemplo, que el mal se paga aquí, no en otras presuntas vidas, a corto o largo plazo, pero se paga. Del mismo modo el bien tenía que estar recompensado de una manera evidente, porque eso nos incitaría a practicarlo. Quizá sea así pero no nos demos cuenta de que existen sutiles compensaciones y castigos. En todo caso, ¿quién soy yo para ordenar el mundo? ¿Qué tengo que aprender? ¿Hasta cuándo voy a seguir aquí metida? ¿Cuánto tiempo más durará mi incertidumbre?

Allí estaba yo, en la habitación recargada de un hotel de lujo, repasando mis relaciones con los hombres. Sólo recordaba con agrado dos o tres de todas las que había mantenido a lo largo de mi vida. Las demás había intentado quitármelas de la cabeza. Los pocos elegidos tenían algo en común: misteriosos, intuitivos, soñadores, sensibles, exquisitamente educados y hedonistas, que no buscaban sólo placeres carnales, sino el gozo de la inteligencia y de los sentidos. La ternura también es un rasgo de sensibilidad viril. Los amores que merecieron la pena fueron delicados sin dejar por ello de ser fuertes, enérgicos y vigorosos cuando se requería. Sin embargo, a ninguno se le hubiera ocurrido agarrarse de pronto a mi vientre para suplicar mi amor. No se trata de una connotación moral. No es un asunto de pudor, sino de incompetencia para seducir. Me ha sido más fácil desnudarme por fuera que por dentro, pero no soporto que me lo pidan contra mi voluntad. Tenía que notar mi falta de deseo sin necesidad de explicárselo.

Me gusta que me seduzcan y siempre he necesitado admirar a un hombre para amarlo, pero hay que dejar pasar el tiempo hasta alcanzar la confianza indispensable para tener intimidad. Se necesita mucho tiempo para pasar del amor físico a la plenitud amorosa. Sólo con Lucas he llegado a comportarme con absoluta naturalidad, como si nadie me viera. Amar a estas alturas significa amarle sólo a él. El verdadero amor se revela cuando te das cuenta de que estás dispuesta a morir por la otra persona, algo que no sucede en todas las vidas. Me siento afortunada en ese sentido, porque yo me muero de amor por Lucas.

Capítulo seis

Camino y Olvido

Aparece el mensajero, al fin, en un momento dichoso en el que todo parece renacer. Nos encontramos en la penúltima parada del camino, la sexta de las siete etapas en las que Shakespeare dividió la vida de las personas, con la peculiaridad de que no siempre son correlativas. A veces se fusionan en el ámbito de la energía; en un mismo espacio donde el tiempo es tan impreciso como los siete colores del arco iris. Pero el arco iris es sólo un fenómeno óptico, en realidad no existe. Hace tres siglos, Newton hizo pasar un rayo de luz blanca a través de un prisma transparente y comprobó que el rayo, al otro lado, aparecía convertido en siete colores: rojo, anaranjado, amarillo, verde, azul, añil y violeta.

1

Abro los ojos y miro la hora en el teléfono móvil. Son las diez y media de la mañana. Es tarde para bajar al restaurante y detesto que aparezca en la puerta el camarero con la bandeja, así que me quedo sin desayunar. Tengo la sensación de que anoche tampoco cené. Estoy medio vestida, descalza, con unas medias negras y la camisa desabrochada. Tengo frío. ¿Cuánto tiempo habré dormido? Hay una botella de champán en el suelo con el líquido derramado sobre la moqueta. Abro las cortinas y contemplo el triste paisaje al que empiezo a acostumbrarme. Las nubes han desaparecido y el vendaval de los pasados días ha purificado el aire. Los bordes de las hojas de los árboles se dibujan con absoluta nitidez sobre el fondo de las aguas del río. A lo lejos se contemplan los picos de las montañas coronadas por la nieve. Debe de hacer varios grados bajo cero, pero no me atrevo a abrir la ventana para comprobarlo. Tampoco me animo a vestirme, ni a peinarme, ni a lavarme los dientes, a pesar del mal sabor de boca que tengo. No quiero abandonar la habitación porque temo encontrarme a Rodrigo agazapado en alguna esquina, dispuesto a asaltarme para pedirme de nuevo perdón y reanudar una conversación que me hastía. También tengo miedo a escuchar los reproches de mi tía Olvido, probablemente enterada ya de mis andanzas con su enemigo. Le habrán exagerado las circunstancias y creerá incluso que me he liado con él. No pienso desmentir, ni asentir, ni darle la menor explicación. No me interesa lo que piense nadie. Estoy saturada de mi propio dolor. Me he vuelto absolutamente incrédula, desalmada, diría, en el sentido de que carezco de alma. No tengo dolores ajenos. No me conmueve el sufrimiento de los demás. No presto atención a los otros. Es una sensación cruel que me produce un vacío doloroso. ¡Oh, Dios, cómo me gustaría que todo esto fuera transitorio y recuperar mi energía! Me asombra no haber perdido la esperanza de que aún me sorprenda la vida.

A pesar de que estoy despierta, me vuelvo a tumbar en la cama, porque no sé qué hacer durante el resto del día. Escucho ligeros ruidos externos, el ir y venir de las camareras con el carrito de las toallas y de los utensilios del baño. No recuerdo si colgué el cartel de «no molestar». Sería incómodo que alguien abriese la puerta, así que decido levantarme y comprobarlo. Después de asegurarme que lo he puesto, me tranquilizo y a los pocos segundos vuelvo a tumbarme en la cama y me viene de golpe el recuerdo de la violenta despedida de la noche anterior. Quizá logre interrumpir mis negros pensamientos si salgo a la terraza, tomo un poco de aire fresco y, de paso, se renueva la pesada atmósfera de la habitación. Me incorporo con esfuerzo y abro la ventana, pero enseguida percibo que el aire no es fresco, sino gélido. Cierro y miro de nuevo la hora. Son las doce menos cuarto. Suena el teléfono.

—Buenos días, señora, hay una persona que pregunta por usted.

No me atrevo a responder, convencida de que Rodrigo ha tramado una nueva ofensiva.

—He dicho que no me molesten —contesto con voz alterada.

—Disculpe, señora, pero el señor me ha pedido que insista, que es algo importante.

—¿Quién es el señor? —pregunto.

—Dice que es el padre Joaquín, agustino, y que le urge hablar con usted.

—Dígale que me espere unos minutos, por favor, que ahora mismo bajo.

Súbitamente levanto el ánimo y mi corazón empieza a latir desbocado. Me atuso el pelo, me pongo los zapatos, los pantalones y una chaqueta sobre la camisa arrugada y salgo corriendo en busca de la noticia más esperada. Echo un vistazo, pero no reconozco al posible mensajero. Me lanzo jadeante sobre el conserje.

—¿Dónde está? —le pregunto.

—¿Perdón?

—¿Dónde está el hombre que preguntaba por mí?

—Ha dicho que la esperaba tomando un café.

—¿Dónde? —insisto.

—Ya le he dicho, señora, en la cafetería.

Le distingo rápidamente, está sentado en la barra, y me abalanzo frenética sobre él.

—Soy Paula. ¿Viene de parte de Lucas?

—Buenos días, Paula. Sí, en efecto.

—¿Dónde está? ¿Por qué le envía a usted? ¿Por qué no viene él?

—Tranquilízate, hija mía.

No puedo esperar ni un segundo más. ¿Cómo voy a tranquilizarme después de tanto tiempo? Estoy jadeando y respiro fatigosamente. De pronto, caigo en la cuenta de que algo va mal. ¡Oh, Dios mío! Este hombre viene a contarme una tragedia...

—¿Qué le pasa? ¿Es grave? —pregunto mientras aprieto los puños y cierro los ojos.

—Está muy enfermo y quiere verte.

Estoy a punto de desplomarme. Abro los ojos, aflojo los brazos, me sujeto fuertemente al taburete con ambas manos y en este instante sé que todos mis presagios se han cumplido. Lloro en silencio, pero las lágrimas me abrasan los ojos y siento una punzada muy dolorosa en el esternón. El hombre intenta calmarme, pero apenas escucho sus explicaciones.

—No llores, hija mía, él está bien.

¡Cómo va a estar bien si me está contando que le queda poco de vida y que por eso quiere verme!

—Él lo acepta —insiste el hombre—. Está tranquilo. No temas, no sufre.

¡Maldita sea, no estoy preparada para soportar tanto dolor!

Me pide que haga tranquilamente el equipaje, que volverá un poco más tarde a buscarme para llevarme al lugar donde se encuentra Lucas. Le suplico que no se vaya, que me espere allí mismo, que en menos de cinco minutos estoy preparada para salir. Voy a la habitación a recoger un abrigo y una bufanda y regreso al zaguán del hotel donde me espera el padre Joaquín, con el que pronto me reconcilio a pesar de ser el portador de la esperada y fatídica noticia.

Capítulo siete

El árbol de la vida

Hace dos mil quinientos años, el pequeño príncipe Siddharta dio siete pasos hacia cada uno de los cuatro puntos cardinales y tras las huellas de sus pies brotaron flores de loto. Años después se despidió silenciosamente de su familia cuando todos estaban dormidos, escapó del palacio, se despojó de sus lujosas vestiduras y se fue a meditar en soledad hasta que alcanzó la iluminación divina. Sólo así pudo conocer la verdadera naturaleza del mundo. Dicen los hindúes que cuando damos un paso hacia Dios, él da siete pasos hacia nosotros. Los veintiocho pasos de Buda son el número de estrellas de la constelación de Capricornio. Él se fue el séptimo día de la semana bajo el signo de Capricornio.

1

El padre Joaquín me explica durante el viaje que Lucas quiere despedirse de este mundo consciente y lúcido, y que está preparado para aceptar la muerte con la esperanza de que sea lo más dulce posible. Es un trabajo espiritual que requiere absoluta soledad y por eso se fue de mi lado. Ahora me corresponde el papel de acompañarle en ese trance.

—Tienes que ser fuerte y estar a su altura. Lucas ha hecho de su vida una obra de arte. Su manera de enfrentarse a la enfermedad ha sido una proeza.

El cielo está blanco y comienza a nevar. No identifico la marca del coche, pero el cura conduce muy despacio, la calefacción no funciona a pleno rendimiento y el asiento no es demasiado confortable. Mi dolor punzante en el esternón se extiende hacia el costado derecho. Tengo los músculos agarrotados y el miedo me impide relajarme. Estoy aterrada ante la idea de enfrentarme con la fatalidad. Soy incapaz de ponerme a la altura de la tragedia, de verle tan enfermo hasta el extremo de no reconocerle. El padre Joaquín no me asegura que permanezca del todo lúcido.

Hay ratos en los que dejo de escucharle, porque me resulta demasiado doloroso admitir ciertos detalles. Me entrego a la contemplación del paisaje, observo cómo va cuajando la nieve en las ramas de los árboles y en los tejados rojos de las casas. Las cumbres de los montes están completamente blancas. Cierro los ojos para soñar que es Lucas quien conduce el coche e imagino que hablamos de nuestras preferencias por el sur: nos gusta más la sobriedad de las dunas del desierto que el esplendoroso verdor de las montañas. Nuestras respectivas infancias transcurrieron entre los frondosos bosques del norte y, sin embargo, un día decidimos de mutuo acuerdo instalarnos en plena aridez meridional. Me basta abrir los ojos para darme cuenta de que Lucas no está a mi lado, sino el paciente Joaquín, que sigue haciendo denodados esfuerzos para animarme.

Me cuenta sucintamente cómo se conocieron. Coincidió con Lucas durante la enfermedad de su padre, cuando iba a visitarle al hospital encomendado por la tía Julita, hermana de mi suegro. Parece ser que se intercambiaron sus lecturas preferidas: la obra de Mahfuz por las *Confesiones* de San Agustín. Cada uno se quedó prendado del autor del otro. A pesar de sus alejadas referencias culturales, ambos compartían una espiritualidad muy elevada y buscaban sus respectivas verdades absolutas y sus certezas por encima de cualquier duda. Creían en la doctrina filosófico-teológica de la predestinación. Empiezo a recordar que Lucas me comentó lo mucho que le había impresionado la autobiografía del santo y la curiosidad que sentía por la figura de su madre, Santa Mónica. En los últimos meses citaba con frecuencia anécdotas y frases de San Agustín.

El padre Joaquín, de la orden de los Agustinos Recoletos, tenía gran predicamento entre el personal sanitario del hospital, de modo que, gracias a su mediación, mi suegro tuvo una muerte tranquila y Lucas se lo agradeció eternamente. No recuerdo haberle visto por allí, pero él sí me vio junto a Lucas en el entierro y el funeral de mi suegro. La verdad es que nunca había reparado en el padre Joaquín, ni siquiera sabía de su existencia y mucho menos de la amistad que se estableció entre ambos a cuenta de sus discusiones místicas. Ni siquiera interrumpieron sus charlas cuando el cura se marchó a la provincia de León para coordinar la restauración de un pequeño monasterio rodeado de ruinas cistercienses.

Al parecer, hace cosa de un año, Lucas fue a visitarle al monasterio. Le contó que le habían detectado una grave enfermedad y que la única posibilidad que tenía de sobrevivir era sometiéndose a un delicado trasplante de hígado. Pero los médicos tampoco le daban la mínima garantía de que la operación le prolongase la vida durante mucho tiempo. El propósito de la visita fue pedirle su inestimable ayuda para que cuando estuviera más avanzada la enfermedad, en cuestión de meses, le ayudase a morir como había hecho con mi suegro. El padre Joaquín le ofreció quedarse en el monasterio. Consultó con sus hermanos de la orden y, tras obtener su beneplácito, le garantizó su protección y su hospitalidad. El día aciago llegó antes de lo que habían previsto los médicos y Lucas decidió que lo mejor era salir precipitadamente de mi vida, porque ya no le daba tiempo a llevar a cabo más preparativos. Quería evitarme el sufrimiento de presenciar su decadencia y, además, tenía miedo a contagiarme la enfermedad.

2

A medida que me acerco a mi destino me falta el aire, se acentúa la opresión en el pecho y el dolor punzante va cambiando de lugar. Nos desviamos un par de kilómetros de la carretera y al final del camino de tierra aparece el monasterio.

—Sólo nos falta por reconstruir parte de esas ruinas mozárabes del siglo X —me explica el cura—, las que están junto al pórtico de vanos de herradura y la torre románica adosada donde tenemos la capilla.

El lugar es de una belleza sobrecogedora. En el lado opuesto al pórtico hay una serie de celdas con vistas a una pequeña huerta con árboles frutales. A punto de entrar en la celda de Lucas, el padre Joaquín me sujeta del brazo y repasa en voz alta las instrucciones.

—Debes comportarte con naturalidad. Evita la cara de sorpresa o de dolor. Nada de llorar ni de reproches por insignificantes que te parezcan. Dale toda la paz que busca y piensa sólo en él, no en tu futura soledad.

—No lo resistiré... —musito.

—Claro que sí. Su momento es más trascendente que el de cualquiera de nosotros. Él ha hecho su trabajo, ahora tú tienes que hacer el tuyo.

—No podré soportarlo.

—¡Ánimo! Sé fuerte y digna de él. Es una bendición que te brinde la oportunidad de devolverle todo el amor y los cuidados que él te dio en vida.

Me siento débil, pero estoy dispuesta a sacar todas mis fuerzas. Ya en la puerta, me empolvo la cara para disimular los ojos enrojecidos y la irritación de la nariz. Después respiro profundamente y cuando considero que estoy dispuesta, abro y le veo tumbado en un camastro.

—¡Oh, Dios mío! ¡Lucas de mi vida...!

No puedo contenerme y le abrazo sollozando.

—¡Mi niña! ¡Mi adorada Paula! ¡Niña mía! Ya estamos juntos —dice mientras me acuna en sus brazos.

—No sabes cuánto he esperado este momento, amor mío. ¡Qué ganas tenía de verte! Gracias, gracias por dejarme venir.

Le cubro la cara de besos y le aprieto una de sus huesudas manos hasta hacernos daño. La otra está inmovilizada con un gotero. Ha adelgazado mucho y tiene un color extraño, pero estoy con él, tal como había soñado volver a verle tantas veces, y estamos juntos todavía en este mundo. Sueño con llevármelo de allí, sano y salvo, a nuestra casa.

—Yo te cuidaré, verás cómo te recuperas —digo vulnerando las normas.

—No, mi amor, vamos a dejar las cosas claras desde el principio. Ya sé que es duro, pero no iré a mejor por mucho que me cuides, sino a peor. Nos queda muy poco tiempo y no debemos perderlo.

—¿Cuánto tiempo? —pregunto aterrada.

—Nadie lo sabe... Una semana, días, quizá horas...

—¡Eso es imposible! —Vuelvo a transgredir las reglas—. ¡Estás bien! No te veo enfermo. Algo se podrá hacer para curarte.

—¡Mi adorada Paula...! No se puede hacer nada. Por eso te he llamado. Sólo quiero despedirme de ti. No digo que sea un acto alegre, porque es imposible despedirse con alegría de la persona amada, pero sí me gustaría que fuera una despedida tranquila, serena y plácida.

—Lo será, te juro que lo será —le prometo.

—Eres maravillosa. Siempre lo has sido.

Vuelvo a cubrirle la cara de besos mientras le abrazo con más delicadeza. Me doy cuenta de que está escuálido y tengo miedo a hacerle daño cuando aprieto ligeramente su pecho contra el mío. Mi dolor punzante ha desaparecido y ya puedo respirar hasta el fondo de los pulmones, pero me entran unas irresistibles ganas de gritar lo que gritaría todo el mundo en mi situación: ¿por qué me tiene que pasar esto a mí? ¿Por qué, Dios mío? ¡Qué injusticia tan grande!

Está previsto que yo ocupe una de las habitaciones situadas al final del corredor, pero ya no puedo separarme ni un solo momento de Lucas y le suplico que me deje dormir junto a él. Al principio se niega, pero mi insistencia es rotunda y acceden a poner un jergón al lado de su cama, en el suelo de la diminuta celda. Tengo que ir al cuarto de baño y el padre Joaquín aprovecha para darme las últimas indicaciones.

—Al margen de la grave insuficiencia hepática, sufre una septicemia: una infección generalizada que está a punto de provocarle un fracaso multiorgánico.

Así son las cosas, hija mía. Perdona que te hable con tanta crudeza, pero de nada sirve que emplee otras palabras.

—¿No se puede detener la infección? ¿No se le pueden dar antibióticos o hacer algo? —replico desesperada.

—Es inútil. El suero es para que esté hidratado y ya lleva la dosis suficiente de antibiótico para que le baje la fiebre. Es imposible hacer más, especialmente cuando él tampoco permite que se haga.

—Pero yo quiero que viva, padre. Necesito estar con él. Tengo derecho a opinar, a tomar alguna decisión.

—Eso es precisamente lo que tu marido ha querido evitar, que tu sufrimiento te impidiese aceptar su voluntad, y por eso se refugió entre nosotros. Debes respetarle, hija mía. Nos hemos comprometido a cumplir sus deseos. No ha querido someterse a tratamientos inútiles, ni a sufrir más degradación de la debida y así consta en el testamento vital que, desde el principio, nos confió. Quiere morir en paz, como su padre.

—¿Puedo saber qué significa eso exactamente? —suplico entre lágrimas.

—Prometiste no llorar...

—Lo intento, padre, lo intento.

—Está bien... No te puedo decir lo que significa exactamente, porque sólo Dios lo sabe. Lo único que te garantizo es que le ayudaremos a morir como nos ha pedido, sin dolores insoportables, sin sufrimiento, sin degradación, sin obstinación terapéutica, sin prolongar su vida de manera indebida.

—¿Cómo van a evitarlo? ¿Hay médicos que le atiendan?

—Naturalmente, dos de nuestros hermanos son médicos y uno de ellos le lleva atendiendo desde que llegó. En cuanto a los métodos, él sabrá lo que debe hacer.

—¿Pero la Iglesia no está en contra de todo esto? —pregunto indebidamente.

—Te estoy hablando de la buena muerte. Ayudar a morir a un enfermo terminal es una obra de misericordia. Cuando llegue el momento, le ofreceremos todos los cuidados paliativos que necesite. No hay mucho más que decir. Vuelve con él y dale todo el amor posible; un amor gratuito, desinteresado y generoso, sin melancolía y con la gratitud que se merece. Tu presencia es la mejor ayuda que se le puede ofrecer.

—¿Cuándo llegará el momento?

—Lo más probable es que llegue pronto. En pocos días... Es lo que la ciencia parece indicar.

Sólo después fui consciente del sentido que entrañaba todo lo que me estaba explicando el generoso protector de Lucas. Volví a la celda con el ánimo por los suelos, pero dispuesta a compartir los últimos días de sufrimiento de Lucas. A mí, sin embargo, me quedaría el resto de la vida para seguir padeciendo.

El día está a punto de concluir y apenas podemos hablar. Es la hora de dormir y Lucas no debe retrasar su dosis de somníferos, porque quiere levantarse temprano. Durante las primeras horas del día se encuentra con fuerza para incorporarse en la cama y disfrutar del paisaje a través de la ventana.

Temo despertarle con mis ronquidos y paso la noche en duermevela. Intuyo los rasgos de su cara en la oscuridad, pero no me atrevo a acariciarle. Se despierta muy pronto y yo estoy esperándole.

—Buenos días, vida mía. ¿Has dormido bien?

—Espléndidamente. He tenido un sueño maravilloso. Estábamos los dos en una isla muy pequeña rodeados de niños que saltaban al agua. ¿Te acuerdas de la isla de Goré?

—¿Cómo iba a olvidarlo? —le respondo emocionada—. ¿Y qué pasó?

—Nada, no sucedía nada especial. Tomábamos el sol y nos salpicábamos la cara con un frasco de agua de azahar. Entonces tú me preguntabas cómo se llamaba el árbol que quedaba a nuestra izquierda. «Es un baobab —te decía yo—, el árbol que se quejaba de la humedad de la selva y del frío de las montañas y por eso Dios lo plantó al revés». «¡Qué raro! —me respondías—. En esta isla no había baobabs, la prueba es que sólo queda éste. Parece el árbol de *El principito*». Ya no recuerdo más. Me he debido despertar en ese momento. Te he visto y me he llevado una alegría inmensa.

—Yo también estoy contenta —le miento—. Y es cierto, en la isla de Goré no hay baobabs.

—¿Te conté que desde mi ventana veía un huerto y unos árboles maravillosos? Mira, asómate.

—Sí, es cierto, y en primavera reventarán de flores.

Al pronunciar la frase soy consciente de mi torpeza, pues ya no veremos juntos más primaveras ni aquí ni en ningún lugar. Intento sobreponerme nuevamente, pero no puedo evitar que se dé cuenta de mi tristeza.

—No estés triste, te lo ruego.

—Lo siento, perdóname, pero es difícil afrontar con alegría esta situación.

—Para mí no lo es. Mi padre tuvo un final feliz y yo mantengo esa esperanza.

—¡Es tan injusto, maldita sea, es tan injusto...! —protesto.

—El tiempo nos engaña. ¿Cuánto más podría vivir y en qué condiciones? ¿Qué edad tenemos? Tú y yo hemos alcanzado la plenitud. Es como si espiritualmente tuviéramos un centenar de años.

—Necesito todavía más.

—¿Para qué?

—No sé, para vivirlos contigo.

—Aun hoy tenemos suerte. En algunos momentos de nuestra vida hemos tocado el cielo con la mano. Hay personas que no tienen el privilegio de vivir un amor tan sublime como el nuestro. Es tan difícil desnudarse ante el otro por dentro. Te agradeceré eternamente todo lo que has hecho por mí.

—Dime qué puedo hacer en estos momentos.

—Estar a mi lado. «Conócete, acéptate, supérate», decía San Agustín. Ya sé que te pido mucho, pero es lo único que quiero en esta vida. Te aseguro que es una satisfacción inmensa consumirme junto a ti y encontrar sentido al sufrimiento. Debemos estar alegres por lo mucho que hemos tenido.

Pasamos el resto del tiempo escuchando música gregoriana y evocando recuerdos antiguos. El día que nos conocimos en el aeropuerto cuando, sin ponernos de acuerdo, fuimos a esperar a una amiga común. La temporada que nos dio por cocinar y mantener interminables charlas frente al fuego de la cocina, vigilando las tres horas que tardaba en cocerse el dulce de leche. Nuestra obsesión compartida por El Cairo, cuando me perdía comprando morralla en el mercado de Jan al Jalili mientras él me esperaba sentado en un velador del café Fishawy, donde mantenía la ilusión de coincidir con Mahfuz, tomarse un té con menta y pedirle una dedicatoria. Por si acaso llevaba siempre encima la edición de bolsillo de *Hijos de nuestro barrio.* A Lucas no le molestaba que volviera cargada de kilos de baratijas, sino el olor a fritanga de cordero que se quedaba incrustado en mi ropa. Surgían a borbotones multitud de preguntas insustanciales.

—¿Te acuerdas del nombre del guía que nos llevó a ver la pirámide escalonada de Saqqara?

—Sí, claro que me acuerdo: Gamal —le respondo—. ¿Cómo se llamaba aquel actor que se parecía tanto a ti?

—No sé de quién me hablas...

—Sí, el de *Verano y humo.*

—¡Ah, qué tontería! ¡No se parecía a mí!

—Pero ¿cómo se llamaba? Espera...

«¡Laurence Harvey!», decimos al mismo tiempo.

—Pero, según tú, me parecía más a otro…

—¿A quién?

—Sí, al actor francés… de *La Piscina* y *A pleno sol.*

—Alain Delon.

—No, mujer, no. Al otro… al de *El fuego fatuo,* la de Louis Malle.

—Ah, ya… Maurice Ronet. ¡Qué personaje tan inquietante!

—Me entusiasmó aquella película.

—A mí me pareció deprimente.

Después permanecemos en silencio largo rato, cogidos de la mano, mirando hacia el mismo árbol.

Al anochecer, el cielo está estrellado y nos asomamos a la ventana para ver la Osa Mayor. Me pide que le acerque la *Ilíada,* uno de los pocos libros que tiene junto a la cama, y que le alumbre con una lámpara. Me lee en voz alta: «Allí puso la tierra, el cielo, el mar, el sol infatigable y la luna llena; allí las estrellas que el cielo coronan, las Pléyades, las Híades, el robusto Orión y la Osa, llamada por sobrenombre el Carro, la cual gira siempre en el mismo sitio, mira a Orión y es la única que deja de bañarse en el océano».

—¿Ves la Osa Mayor? —me pregunta.

—Sí, claro que la veo.

—Ya en tiempos de Homero servía de guía a los navegantes. ¿Y ves Casiopea?

—No, no la veo.

—Es la que tiene forma de W. La Osa Mayor y Casiopea ocupan los lados opuestos de la Estrella Polar. ¿Y ves Andrómeda?

—Tampoco —le respondo.

—No es fácil, a pesar de que el cielo está oscuro y se puede distinguir. Yo la veo. Me alegro de conservar todavía tan buena la vista. En esa constelación hay una gran galaxia, nuestra vecina más cercana en el universo.

—Sin embargo, yo me pierdo, veo demasiadas estrellas.

—¿Dónde te gustaría ir? —me pregunta de repente.

—No lo sé. ¿Y a ti?

—No tengo dudas, quiero ir a Casiopea.

—Yo prefiero quedarme contigo, donde estamos ahora.

—¿Sabes lo que dicen en la India? Cuando damos un paso hacia Dios, él da siete pasos hacia nosotros.

—El otro día leí una conferencia apasionante del Dalai Lama sobre la cosmología moderna y lo que él llama la ciencia de la conciencia.

—Me interesan mucho sus teorías.

—Cuenta que la ciencia y el espíritu son totalmente compatibles, porque, en el fondo, se trata de dos métodos diferentes de investigación, pero encaminados hacia el mismo fin: la búsqueda de la verdad. Buscaré el artículo y te lo traeré —le digo sin darme cuenta de que ya no queda tiempo.

Evita la respuesta. Pero leo en su mirada que ésta es la última noche que miramos juntos las estrellas. Me quedo en silencio. La pena me impide hablar.

A pesar de mi tristeza, pasamos juntos días sublimes. Gracias al recuerdo de esas horas felices soporto un poco mejor su ausencia.

3

Al tercer día, Lucas respira mal y se fatiga al hablar. Le doblo la almohada para incorporarle un poco, pero está desmadejado y no se sostiene derecho. Siento pánico al darme cuenta de que ha llegado el momento fatídico.

—Tengo mucho frío. Pide otra manta.

Le pongo la mano en la frente y noto que está ardiendo. Voy a buscar al padre Agustín.

—¡Padre, padre, tiene fiebre, tiene frío! ¡Deprisa, por favor, deme una manta!

—¡Tranquila, no te preocupes, vamos enseguida!

Cuando llego con la manta, se ha resbalado entre las sábanas y está delirando.

—Demasiada luz, demasiada luz... —susurra.

Le subo como puedo para que repose la cabeza sobre la almohada.

—Ya verás cómo se te quita el frío. Vamos, mi vida, en cuanto entres en calor, te sentirás mejor.

¡Qué estupidez le estoy diciendo! No debo ponerle la manta. Está tiritando, pero arde al mismo tiempo.

—¡El pulso! —grito—. ¡Ha perdido el pulso!

—No te preocupes, no sufras —dice alguien desde la puerta.

¡Cielo santo! Ha llegado el final y aún no estoy preparada para soportarlo. Estoy aterrada. Sin embargo, él, la noche anterior, me convenció de que no tendría miedo. Estaba esperando la muerte plácidamente y quería que yo aprendiera a perder el temor. Pero no es así como quiero verle, estremecido y delirante. No puedo resistir el menor gesto de crispación en su rostro. Me siento en el borde de la cama y apoyo su cabeza en mi regazo mientras le hablo.

—Vuelve, mi amor, tenemos muchas cosas que contarnos todavía.

He cometido un nuevo error imperdonable. Me estoy comportando como una estúpida incompetente y egoísta. «Tienes que facilitarle el tránsito —me había repetido el padre Joaquín—, no intentes retenerle. Hay que dejar que las personas se marchen tranquilas de este mundo. Él te escuchará hasta el final y si le pides que no se vaya, que no te deje sola, sufrirá. Tienes que hacer todo lo contrario, dile: "Vete tranquilo, que yo viviré siempre con tu recuerdo. No te preocupes por mí, me has enseñado a vivir y ahora me estás enseñando a morir. Ten una muerte muy dulce y llega plácidamente al otro lado del paraíso. Pronto me reuniré contigo en algún lugar donde no habrá dolor ni miedo. Vete, mi amor, yo cuidaré de ti. Estoy bien y te amo. Siempre te querré y viviré feliz con tus recuerdos". Eso es lo que hay que decir a las personas que quieres mientras se están muriendo. No debes retenerlas ni un minuto más de lo debido. Hay que hablar bajo para respetar la solemnidad de la muerte. No puedes llorar ni gemir ni gritar ni pedirle al moribundo que se quede, porque ya ha emprendido el camino hacia el más allá y tiene que poner los sentidos que le quedan en irse de este mundo. No trates de aferrarle a la vida, porque entonces le dolería más dejarla y, sobre todo, no permitas que se vaya con la sensación de que te deja abandonada».

Cuando llegan los médicos, dos curas vestidos con hábitos blancos, estoy llorando. Traen oxígeno, le ponen una mascarilla y una inyección en el bote de plástico del suero, o lo que contenga ese líquido transparente que no ha dejado de gotear durante los días y las noches que llevo a su lado.

Procuro tragarme los sollozos para que no se dé cuenta de que estoy llorando.

—¡No te vayas...! —le pido una vez más, en contra de mi voluntad—. ¡No me dejes, mi amor, no me dejes, te lo suplico...! ¡Abre los ojos...! ¡Háblame, por favor, dime algo!

El padre Joaquín me mira apenado, pero sin reprochar mi torpe comportamiento. Sigo incumpliendo mis promesas. Sólo me pide que recuerde lo que hemos hablado.

—Se sentirá bien. No temas. No será muy largo. ¡Ayúdale!

Lucas abre repentinamente los ojos, y me mira fijamente.

—¿Cómo vas?

Me hace la misma pregunta que la última noche antes de su partida.

—Bien, yo estoy bien. No te preocupes por mí. Estoy feliz a tu lado. ¡Nos hemos querido tanto...! Sólo te pido un favor: perdóname si alguna vez te he hecho daño. Perdóname y me quedaré en paz. ¡Nos hemos querido tanto...!

La experiencia siempre llega tarde. No sé si ha podido escucharme, pero ya no me responde. Ni un sollozo, ni un gemido, ni un lamento...

Llevo muchas horas aferrada a su mano. Hemos pasado juntos en silencio varios días y varias noches. Deja de respirar plácidamente, le beso de nuevo en la frente y le digo adiós. Se ha ido con sabiduría y en calma, como me enseñó a vivir. Ha sido una muerte sosegada. Es un ser especial y yo he tenido el privilegio de estar a su lado hasta el último suspiro.

EPÍLOGO

Setecientos setenta días más tarde

Han pasado dos años y casi dos meses desde nuestra despedida: setecientos setenta largos días con sus respectivas noches. Sin embargo, todavía me duele su ausencia. Durante diecinueve meses he llorado ininterrumpidamente. Recuerdo que mi madre lloró diez años la pérdida de mi abuelo. Como todo va más deprisa, las penas duran menos.

A medida que transcurre el tiempo, el llanto es más tenue y los ataques de melancolía se van distanciando. Aún me quedan lágrimas dentro, pero procuro reservarlas. Le recuerdo cada día, pero he aprendido a dejarme llevar por los acontecimientos en vez de luchar contra ellos. Es una manera de superar el duelo y salir de la oscuridad.

Al principio es muy doloroso, pero a medida que lo vas logrando, te invade una sensación de fuerza, y el dolor insoportable se convierte en una liberación. Ya estás preparada para lo que venga, incluso para la propia muerte. Soy consciente de que sólo se puede comprender la vida echando la vista atrás, pero sólo se puede vivir mirando hacia delante. O como dice nuestro querido Mahfuz, trabajando en este mundo como si viviéramos eternamente y pensando en la otra vida como si nos fuésemos a morir mañana.

Comprendí, al fin, que Lucas quiso prepararse para abandonar de la mejor manera posible este mundo y que su despedida fue un acto de amor. Me reconcilié con mi propia historia. Ya no me queda rencor, no tengo enemigos y, gracias a él, he recuperado la memoria.

Regreso a nuestra casa y, aunque sigue siendo demasiado grande para mí sola, está invadida por sus luces y sus sombras. No quiero huir de los recuerdos.

Llevo un tiempo alejada de todos, porque nunca aceptaron su actitud ni mis exiguas explicaciones. Como no quise compartir los detalles de nuestra despedida, a nadie le convenció la historia. No han visto la enorme belleza que puede haber en la oscuridad, sobre todo cuando está iluminada por la luz de la luna llena. Después de mi larga travesía nocturna, he recobrado el ánimo y ya sé cómo escribir la historia de los desaparecidos.

Esta noche el firmamento está iluminado y me permite ver las estrellas. Le hubiera gustado contemplar el cielo. Pienso, sin embargo, que estará cerca de Casiopea, frente a la Osa Mayor, y no echará de menos ni un ápice de este planeta, ni siquiera a mí... ¡Cuanto menos la luna llena!

Fin

AGRADECIMIENTOS

El mundo sigue existiendo porque en cada generación hay unas cuantas personas justas, humildes y desconocidas, que hacen el bien sin pedir nada a cambio. Sin ellas, la Tierra ya hubiera desaparecido. Tengo la suerte de haber conocido a algunas de esas personas justas y el deber moral de recordarlas.

En primer lugar, a mis padres, que me entregaron la memoria de mis abuelos. A mi hermano, que siempre está cerca de mí para ayudarme. A mi tía Sara y a sus hijas.

A mis pocos amigos del alma, que no me han dejado totalmente sola en esta travesía nocturna. No necesito citar sus nombres. Son amigos generosos, que me han hecho reír y llorar. Mientras escribía, algunos me llevaron al puerto casi todas las noches del verano, otros a conciertos de jazz; me ofrecieron su hospitalidad; me regalaron consejos y orquídeas; me llevaron de copas en los capítulos más tristes. Más que amigos, son un talismán.

Tampoco olvido a mis hijos y a sus amigos, que llenan la casa de alegría y me dejan mensajes inolvidables: «Gracias por acogerme. El mundo es mucho más bonito desde tu ventana...».

Índice